終末の思想

野坂昭如 Nosaka Akiyuki

NHK出版新書
398

終末の思想　目次

第一章　この世はもうすぐお終いだ

日本はお先真っ暗だ

日本の将来について考える時、ぼくに希望は全くない。

もとより、こっちは病に倒れ、とんと浮世離れの身、偉そうに考えるなどと、言えた義理じゃないが、焼跡をうろついた身として、世間に漂う明日待ちの雰囲気に、何やら胡散臭い匂いを感じている。

将来などと、大上段に構える必要はない。現在懸念されている世界的危機のあれこれ、その到来を待たずとも、数年後、いや明日にでも、日本列島は孤立。

まず、飢えに襲われるだろう。農をないがしろにし、自分たちの食い扶持《ぶち》を他国に任せる。つまり、海の向こうからの食いものが滞れば、お手上げ。

大袈裟な話じゃない。飢えが到来したら死ぬのはまず老人。生物としてこれは当然のことである。食わなきゃ人は死ぬ。つまり餓死。

餓死と聞けば遠い国で起きる現象、発展途上国によく見られる出来事と思われがち。例えば難民キャンプの子供の姿。親子でなんとか避難したまでは良かったが、そこにもまた、食べものはない。絶望を超えた無表情の母親の横に、痩せて目は虚ろ、腹ばかり膨らんで、ハエの群らがる子供が為すすべなく死を待つ。

そんな姿を浮かべるが、食いものが無ければ日本だって、たちまち同じ形に陥る。年寄りと子供が順番に死ぬ。戦後よく見た光景。

あと少しでぼくも死ぬところだった。

しかし、考えようによっては、今の年寄りにとっては、安楽死とも言える。発達した医療技術のおかげで、人間はなかなか死ににくくなった。現在の医療技術では、手の施しようのない患者にしても、人工呼吸、栄養剤などで命を永らえさせ得る。すでに意識のない患者、残された者にとって、単なる延命は、果たして望ましい形なのか。

議論は分かれるだろうが、餓死は今の病院死より自然死に近い。病院で半年、一年、死を先延ばしにするよりずっといい。人間本来の姿に沿っている。

中年は飢えを前に、酒でも飲んで死ぬのを待つしかない。

人によるが、年寄りに比べて体力がある。餓死に到るまでには、時間がかかる。今の中年といえば戦後生まれ。戦争を知らず、戦後の混乱期にはまだ生まれていない。物心つくと同時に、世の中は良くなっていく。昭和四十五年頃をピークに迎えた高度成長の波に乗り、生活は豊かになるばかり。

バブル景気の申し子でもある。中年といっても年代によって差はあるが、それぞれが物に走った世代。存分に物を買い、物を食べた。飽食の時代を味わっている。

生物として子孫繁栄の役割も済み、といって、後の世代に伝えるべき知恵を持たない。ならば出来ることは、早く消えて、自分たちの居場所を渡すことだ。酒に酔うことで飢えの苦しみも少しは減るだろう。

飢え到来に備え、中年諸氏には酒の買い溜めをおすすめする。

さて、若者は食いもののない事態を知らない。二十四時間いつでもどこでも買って食えると信じている。食いものについて、疑ったことのない世代。

姿を消した食いものを求めて、はじめうろうろと路頭に迷うだろう。中にはドラッグにありついて朦朧《もうろう》と命を繋ぐ者もいるかもしれないが、多くは携帯電話を握りしめ、あるいはパソコンを前にして呆然と動けずにいるだろう。やがて空腹感に耐え兼ね動き出すが、何の実りもないまま、ただパニックに陥る。

体力があるだけに飢えは苦しい。盗み合い奪い合い、一番悲惨な餓死を迎えるのは若者であろう。ふるいにかけられ、丈夫な若者だけが生き残る。

残った者はしゃかりきに働け。鍵は伝統回帰にある。

土に戻れ。

日本は気候に恵まれている。そして島国である。つまり海に囲まれている。土に戻り、農を大事にして、近海で獲れる魚、海藻を食べていれば生き延び得る。この生き残った若者で日本をやり直すしかない。

ではこれでめでたしか。そうともいえない。先は長い。生き残った者たちの体は、添加物まみれである。水も悪ければ空気も悪い。これを少しずつ薄めていかなきゃ後に続く世代の体は長続きしない。

日本に将来があるとして、平均寿命二十五、六歳が当たり前かもしれない。そういえば、昭和二十年、戦争で多くの男が死に、男に限って言えば、平均寿命は二十二、三歳であった。

しばらくは、かつての長寿国日本など夢のまた夢。

食の面で基本的な自給自足がかなうことから始まる。だが問題は食いものだけじゃない。若者が生き残ったとして、生物に相応しくない環境はどうするのか。

すでに生物としての本能を妨げる現象はさまざまある。

少子化も無関係ではない。仮にぼくが女性で、出産可能年齢ただ中だとして、果たして産みたいと思うか、思わない。

そうはっきり意識せずとも、女性が子供を産まなくなったのは、女性の社会進出や自立、高学歴、結婚より他に生き方の選択が広がったためだけではないだろう。無意識のうちに、動物的勘の如きものが働いて、今後の日本で、子供は育たないと見極め、子孫を残さないよう決めたのではないか。

自然環境の悪化だけじゃない。文明発達のおかげで、家事全般、昔にくらべりゃ嘘みたいに楽になった。だが、核家族化が進み、子育ては夫婦だけの問題となった。

かつては大家族があたり前、隣近所の大人たちに混ざって、多種多様の人間を眺めながら育った子供たち、たまに会う祖父母は何でも買ってくれる存在、まわりには大事に育てられ、それがかえって弱い子供をつくる。

少子化は、現在にも未来にも希望が持てない本能のあらわれである。

男はどうか。

ひたすら弱くなるばかり。元来、男というものは脆《もろ》くはかない存在である。子孫繁栄のための役目が終われば用はない。女性が胎内で命を育み、子育てをするかたわらで、あくせく働くのみ。それ故に、文学、音楽、建築物、哲学、絵画などにいそしむ。あってもなくてもいいものばかり。

つかの間の栄華を謳歌する。あげく戦争を起こす。それでも、種の保存の役割は忘れなかった。

だが、今、若者に種の保存の欲がうすれた。性的欲求も弱まっていると聞く。今や性は解放というより、氾濫していて、子供でも過激な映像を簡単に眼にし得る。裸体写真などごくあたり前。

かつて年頃になれば、朝から晩まで異性を意識していた。すれ違うだけで胸が高鳴った。つまり刺激にあふれていた。

今の若者は気の毒である。過激も過ぎれば興味を失う。あげくゲームをはじめ架空の世界にのめり込む。抽象が具象に勝り、培《つちか》うべき想像力が身につかない。性的活力の低下にもつながり、本来なら生殖に結びつくべき若者が、投げやりな行為のみ。あるいは二十歳にして、性的リビドーの衰えを口にする。性は生につながり、人生を豊かにするべきもののはず。

男のリビドー低下は性の氾濫だけが問題じゃない。文明の進歩は生物に致命的打撃を与えてもいる。人間は便利な暮らしを支える道具や仕組みをつくり出し、同時に自然界に存在しないさまざまな物質をつくり出した。

環境ホルモンもそのひとつ。生物に与える影響は大きいと言われている。激動の時代がやってきて、かりに日本が生き残れたとしても、子孫の繁栄が見込めなきゃ意味はない。食いもの、環境をどうするのか。

世の中、一寸先は闇なんてものじゃない。

日本はお先真っ暗。絶望が世を覆っている。

日本列島に、人間などいてもいなくてもいいのだ

東日本大震災から日が経つにつれ、被災地、被災者は、非被災地の人間にとって、海の向こうの出来事なのか、忘れ去られようとしている。半年経ったあたりで、マスコミの扱う内容に「復興」や「美談」についてのエピソードが増えるにしたがって、被災地におけるさまざまな問題は、片隅に追いやられていった。

世間もまた、三月十一日以後数日は、あれほどテレビ画面に釘づけとなって眺めた被災地だが、現状はとなると、まことに覚束《おぼつか》ない。被災者それぞれの抱える事情といった細かな問題については想像力すらない。同じ島国で起きたこと。しかしこの温度差を生み出したのは、この度の震災体験の中心が多くの日本人にとって、編集された映像を眺めることに終始した結果であろう。

発生直後から日本中の人間が、呆然とテレビ画面を見続けた。

住まいが、車が、町が、あんな風に水に飲み込まれ、波にさらわれていく姿は、誰もこ

れまで目にしたことがない。四方八方に屋根や壁の残骸が散乱し、泥まみれの家具、日用品、いずれも元の姿を想像しにくい。コンクリート造りの頑丈な建物が基盤だけ残して消滅、へしゃげた車が民家の窓に突っ込んでいる。いつものようにテレビがそれらを映し出し、茶の間に届ける。

映像のない時代、例えば関東大震災のニュースは、主に新聞、続いてラジオ、あとは避難してきた人たちなどの言葉によって伝えられた。不確かな部分は想像力がおぎなった。現在はそれこそ時々刻々、同時に伝わり、目で見た映像からはそのまま震災の惨状がよく判った。報道のスピード、技術は昔に比べ雲泥の差、その生々しい映像は非被災地の者を震えあがらせた。

それでも伝わらない事実がある。それは画面には映らないものだ。

非被災地の人たちが、日常の合間にテレビの画面を見続ける。あれだけの震災である。気になってあたり前だろう。だが、画面を見続ける行為が、奇妙なことに、被災者の置かれた現実を忘れさせる役割を果たしている。

わが家、わが町の波にのまれていく様を声にならぬ声を上げつつ、カメラを向け続けた被災者撮影の映像もいくつか画面に流れた。日本中、はじめこそ驚愕、貼りついて大災害を目のあたりにしていたが、いつの間にか、流れる映像は、つくりものの如く、現実から離れたものとみなされ、まったく普通の日常にあって、台所で朝食を摂りながら、あるいは居間で晩酌のつまみめいて、やがてリアリティを失っていった。

そんな日本人が多くいる。だが、誰に責めることが出来るか。

昔と今を比べきれるものでもないし、比べてもあまり意味はないだろうが、かつての日本人には明日は我が身という怯えがもう少しあった。

生きものとして畏れを忘れた人間は、やがて自然の中で生きる資格を失う。地震は天災だが、人間の奢《おご》りが被害を大きくしたことは否めない事実。

天罰という言葉が物議を醸したが、ぼくは天罰という言い方を、ふさわしいとは思わない。揺れる大地があたり前。天から罰が下ったわけじゃない。大地があたり前に揺れただけ。これを天罰と言ってしまえば、見るべきものが見えなくなる。

この度の震災を考えるには、この列島に住む住人たちの自覚が必要だ、と同時に、あきらめも要る。

反省したところではじまらない事実と向きあうことも肝要。

ぼくらの二代前までは、自然の中の人間、という自覚があった。八百万《やおよろず》の神を崇め、海、山、川、岩や樹木、とりまくすべてに神聖を覚え、汚さなかった。

日本の自然は優しく美しい。四季があり、恵まれた気候。しかしそのかげに地震、台風、大雨、豪雪、山崩れなど繰り返しある。山が崩れ川が氾濫、海が荒れ、活断層のエネルギーにより地震も起きる。その上に人間の活動がある。

列島の形は荒れ狂う波がつくった。それが風光明媚な眺めをつくる。自然が長い年月をかけて優れた風景をつくり、日本の景観をつむぎ出してきた。

人間など、いてもいなくてもいいのだ。

この島国は元来地震列島である。これを十分承知した上で住むしかない。この当たり前を忘れてはいけない。

波打ち際を人間が直線に変じたあたりで、自然に対する無力さが明らかとなった。川をせきとめ、山に人工の湖をつくり、水を貯め、山を削って海を埋め立てる。自然には直線という存在はない。それに手を加え、自然に対する人間の思い上がりの限界を超えた。いつの間にか人間様となって、自らの存在を示すべく、自由奔放に振る舞い、自然をある程度コントロール出来るものとみなすようになった。

あげく天災の訪れには、必ず人災がつきものとなった。

阪神淡路大震災もその一つ。神戸の発展が震災の傷を大きくした。

子供の頃、焼け出されるまで、ぼくは神戸に住んでいた。山と海に挟まれ、近くに清冽《せいれつ》な川の流れる六甲山の麓だった。麓といっても、大阪、神戸、それぞれへの通勤圏辺りは、ぼくの家と同じような、ごく普通の勤め人、若い世代が多かった。

ほぼ毎週、六甲山へ登った。石屋川沿いに歩き、第三神港商業のかたわらを通り、重い屋根の水車小屋を過ぎて山道、これをたどる。山頂に到着すると、長い時間をかけて下を眺めた。天気がいいと和歌山まで見通せる。足下にのんびり広がる東明《とうみょう》、御影《みかげ》、芦屋の浜。神戸港は扇の港とも呼ばれ、日本一の美港といわれた。

港にはいつもドイツ客船、シャルンホルスト号がいた。

寄港していて日米戦が始まった。帰るに帰れぬまま繋留、ぼくはこの大きな船を眺め、船にも運、不運があると知った。

普段はぼく一人で登ったが、養父と一緒のこともあった。養父は背が高くお洒落。石油関係の仕事をしていて、当時にしては珍しく海外への出張も多かった。何を聞いても答えてくれた。ぼくの自慢の父だった。

その養父も昭和二十年六月五日、神戸の空襲で行方不明となる。

焼け出されて一家離散。ぼくの生活は一変する。以後しばらく六甲山に登ることはなかった。神戸から離れ、何とか食えるようになって、ぼくは定点観測のように、年に二回は神戸を訪れた。

戦後、神戸は開発至上主義に陥り、山を崩し海を埋めた。白砂青松《はくしゃせいしょう》の浜を棄て、巨大な人工島をつくった。繁栄という名のもと、活断層の存在、その危険性など無視、派手やかな都市を築き上げた。そして地域の住民もまた、地震について深く考えなかった。

この度の震災はその被害の上で、戦争とよく比較される。国難という意味では戦争も地震も同じ。焼跡と震災の後の姿も一見よく似ている。

しかし、昭和二十年八月十五日、敗戦を体験したぼくのような者にとって、東日本大震災とは意味が違う。

敗戦はすべての日本人にダメージを与えた。震災は一部の日本人だけがひどい目に遭った。世間に漂う空気も大いに違う。焼け野原の上で敗戦を迎えた者は、いっそあっけらかんとしていたように思う。すべて焼かれ、呆然自失。だがもう空襲は来ない。

夢は残った。焼け野原には何もなく、辛うじて夢だけがあったのだ。

もちろんその裏には悲しみ苦しみがある。焼跡を一面の茶褐色といえば、さっぱりして聞こえるが、その中にはさまざまな悲劇があった。

おびただしい数の死者。黒焦げで目鼻立ちの定かならぬもの、遺体というより物体となってバラバラ、あらぬ所に転がっていた。また、道の左右いたる所に遺体の断片が積み重ねられていた。もはや判別つかぬものもあれば、どう見ても母親、胸に乳幼児を抱えている。あるいは幼い子供の面影をしのばせるものも混じる。爆弾の威力の凄まじさがつくづく判った。

しかし、地上戦を戦った沖縄、また海の向こうで戦った人たちを除き、多くの日本人にとって、戦争は天災の新しい形として受け止められ、敗戦を境に即、平和国家、物質主義に走る。敗戦についての想像力は働かず、誰も何も総括しないまま、呆然自失のあと豊かさに邁進した。

日本人にとっての焼け野原は、新しい生活への第一歩。

さらに言えば、焼けてしまえば跡片づけは要らない。あとになって考えれば、手っ取り早い再建への道だったのかもしれない。

我々は、自滅への近道を歩んでいる

時が経つということは、良くも悪くも人間の記憶に膜をかける。

例えば立ち直れないほど傷《いた》めつけられた人間も、傷ばかり見て過ごすわけにはいかない。時間の経過とともに、自分が生きていることを意識せざるを得ない。

空虚で虚しい日々を過ごしながらも、飯も食えば睡眠もとる。悲しみの中で失ったものの大きさは、日に日に増すものだ。だがその一方で、その存在が、自分にとっていかにかけがえのない宝だったかを、改めて知る。その思いが明日の一歩に繋がる。ほんの一歩でも踏み出すには時間がかかる。

また、時間は人間を忘却の淵に追いやりもする。

地震、津波、原発事故、あまりに多くの災いに直面した。忘れることも許されるだろう。だが、都合よく忘れて済むことではない。

震災後、都市機能は麻痺、日本全体が機能不全に陥った。まずこれを取り戻すことが最優先、それは当然。だが何もかも元通りとはいかない。というより元通りにしてはいけないことがある。

今、日本では、うわべ震災前と何ら変らない風景が広がる。震災は過去のこと、被災地は着々と復興に向けて動いていて、地震対策は行政がやっているはず。まるで何事もなかったかの如く日常が営まれている。

立ち止まり、立ち返ることを忘れている。

悲劇は繰り返されるだろう。悲しいかな人間とはそういうものなのだ。


原発が、いかにいい加減な資本主義システムの中で、成り行きに任せ、馴れ合いの仕組みのもと、設置され、稼働してきたか。この度の事故で少しは世間も知ったはず。

原発はお上主導のもと、進められてきた。経営は民間電力会社ということになっている。事故で明らかになったのは、責任の所在がうやむやであるということ。これはあたり前で、原発導入のスタート時から、うやむやのままなのだ。ある時は国の御旗を振りかざし、ある時は電力会社が安心安全を言い立て、電力エネルギーなしに、日本の経済も生活も成り立たないと叫びつつ進められてきた。

世間は、便利なら何でもいい、またそれまで頼みの綱だった炭坑は頻繁に事故が起こり、年に数百から千人の犠牲者が出ていた。直接身にふりかからずとも、世間も報道で知っている。恐ろしく危険であることは先刻承知。それが原発となると、そういった死者は出ない。直接迫る身の危険もどうやらないらしいと受け取った。

導入からしばらく、原発推進派、反対派、双方の議論はあった。だがどうも噛み合わず、また素人には判りにくい内容。推進派は専門用語を並べ立て、安全だといい、反対派は言葉は判りやすいが、根拠のうすい数字を挙げて、危険性を強調。結局、架空の論議の域を出ない。そのうち稼働基が増え、稼働年数も増加、こうして既成事実が積み重ねられてきた。

お上と電力会社、その他原発に群がる御連中は、自らの縄張りを守ることに終始。各組織、それぞれ上から下までバラバラ。横の連携もない。原発でいうなら、現場で働く人間と、数字だけを見る人間が同じ会社にいながら問題を共有することはない。

彼らを結びつけてきたのは原発マネー。

稼働から十年経ち、二十年経って、発電所の性能はいくらかはよくなるだろう。しかし、科学技術の面、将来、核のゴミをどうするのか、それらの展望はひらけないまま現在に至る。

電力を使うことのみが優先され、つれて出る放射性廃棄物については、中間貯蔵施設もあやふや。最終処分方法にいたっては何も決まらぬまま、だが走り出し、やがてエネルギー抜きに生活が成り立たない状態。

既成事実の積み重ねがまかり通ってきた。

何にせよ、突き進むという姿勢は快楽を伴う。お上にはお上の快楽があり、世間には世間の快楽があった。

何の根拠もないまま原子炉の寿命を延ばして、すべて先の人間に押しつける。この度の事故は、その先延ばしの矛盾を露呈させた。

危険を先延ばしになど出来てはいなかったのだ。

この震災と原発事故は、他人任せでよしとしてきた日本人の頬をひっぱたいた。大きな犠牲を伴いながら。しかし、すべて元へ戻し、自滅への近道を行こうとしている。
ならばいっそ行ってしまえばいい。
日本が八方塞がりになった時、初めて気づく。

第二章　食とともに人間は滅びる

日本は食の敗戦国である

昭和二十年八月十五日の玉音放送を、天の声と聴いた人は多い。とにかく戦争が終った。空襲はなくなる。焼夷弾、爆弾、機銃掃射など、上から命を狙われることはない。本土決戦もない。昨日までの鬼畜米英は人類の味方に変わった。

戦中、駅前などの壁や柱には、「一億特攻」「撃ちてし止まん」と記されたポスターが貼ってあった。八月十五日以降、その上に「人類の味方、米英」と貼られ、新聞には「キューキューと、日米親善」という文字が躍った。これはサンキューとエクスキューズミィの略。おじぎして仲良くしろというわけ。

ぼくは子供心におかしいと思った。続いて、ダンサー募集の貼り紙が目立ち、これには平和日本建設のためという名目が添えられていた。一日一日どんどん変わっていく世の中。そして九月末、神戸に進駐軍がやってきた。

ぼくは福井で敗戦を迎え、その一週間後、一緒にいた妹が死んだ。妹を火葬して、八月末大阪へ戻っていた。とりあえず元の学校へ神戸まで通い、といっても授業などない。校舎は焼け落ち、教科書文房具も同じ。ただ校庭に掘られた壕だけが残っていた。

その壕を埋め、焼けトタンなどを片付ける。焼跡整理が当面の授業のようなものだった。その後、進駐軍を迎えるため、彼らの宿舎を整えるべく、神戸の中心地三宮に、焼け残っていた税関の建物内を再整理させられた。

さかのぼること四ヶ月。ぼくはこのすぐ近くへ来ている。敵機を迎撃するための高射砲陣地をつくっていたのだ。だがすでに、跡形もなかった。

やがて進駐軍がやってきた。ぼくは三宮の駅で見た。日に焼けて、いかにも強そうな体つき。とにかく大きい。それもそのはずで、沖縄戦を戦った海兵隊員の一軍だった。

米軍の中でも一番屈強な連中。たいていが二人連れで、無口な印象だった。ぼくは彼らを見たとたん、このヤロウという気持が起った。

鬼畜米英という言葉がよみがえる。

六月五日、神戸の空襲で家も家族も奪われたのだ。とてもヘイコラなど出来ない。どこかであだ討ちをしたいと考えていた。だが、ジープから下りて来る進駐軍は、あまりに強そうだった。体格にも圧倒されたが、何より彼らの身に付けている、ギャバジンの服の光沢に押し拉《ひし》がれた。

ぼくの養父は生前、石油関係の仕事に従事していた。当時にしては珍らしく、渡米、渡仏の経験があり、またお洒落だった。戦前に見た養父のコートの生地は、茶色のギャバジンだった。ハンサムで背も高く、一緒に連れ立って歩くと、誇らしかった。

目の前を行く進駐軍の大きな尻、彼らが歩くたび、うす茶の生地が揺れる。

終戦から一ヶ月と少し、巷の日本人は、ほぼ着の身着のままの態。煮しめたような色合いの服を身にまとい、これだけを比べても、負けるのは当然だと思った。

周りの大人たちが、敗戦をどう受けとめていたかは判らない。だが、進駐軍に対する反抗は一切なかった。敗けたのだからしかたがない。しばらくは、食うことに追われ、勝った敗けたはあまり考えなかった。それより、どういう形であれ、アメリカからの物資援助がありがたい。ぼくも含め、これで命を永らえたのだ。

昨日までの敵に食いものをもらう。この屈辱感に、心朽ちた日本人もいた。だがその日食うことが大事。アメリカの余剰農産物であれ、口に入れば何でもいい。大半の日本人は屈辱感よりも満足感を先にした。

アメリカの思惑は何か。戦争に勝った国として、敗戦国が飢えることは許しがたい。さらに、アメリカは戦中から、戦後の日本をどうするかについても考えていた。戦争は終われば必ず食糧の取り合いがはじまる。アメリカは農産物の増産を図っていた。

戦争が終わって、日本をはじめドイツ、イタリア、戦勝国であるイギリスもまた食糧事情に困った。そこでアメリカが飛び出す。ドイツやイギリスには小麦、日本には大豆やトウモロコシといっても、家畜のエサだったが、これを援助という名目で売りつけた。

以後アメリカは世界の食糧供給国として君臨するようになる。
これは世界を支配することだ。

人間の一番の基本は食にある。食べることで人は生きている。食べものを支配することは人間を支配すること。飢えをちらつかせれば相手をあやつることが出来る。何でも物事を自分に有利に運ばせうる。だからこそ、食はそれぞれの国の生き方とつながり、そこには歴史があり伝統も息づいている。

そう簡単に食を変えることはしないし、出来ない。

だが、日本はそれを変えた。敗戦直後の支援物資にはじまり、米を中心とした食生活はたちまち崩れはじめる。学校給食もその一つ。全国の子供たちがパン食を主とすることで、大量の小麦を輸入。

米ばかり食べていると頭が悪くなる、パンを食べろと文部省までがキャンペーンじみた言動をとった。別に他国の文明を取り入れるのは構わない。だが日本は文化や農まで棄てた。

有史以来、戦争は絶えず起こっていた。食いものがなくなると戦争は起きる。また、宗教が異なると生き方についても、それぞれ考え方が違う。争いの火種は常にあるものだ。

島国である日本と違って、大陸は陸続きに国境を接している。血で血を洗う紛争が頻発。時に敗戦国は戦勝国に統合され、母国語さえも失うことがあった。

しかしだからといって、文化伝統が棄てられることはない。市民の中に脈々と受け継がれてきた。形こそ少しずつ変わりながら、それらは今も生きている。

日本は食の面で、アメリカの植民地である。

伝統食をあっさり棄て、パンや肉を食べるようになり、子供たちの身長は伸びたし、また高齢者の寿命も同様。これは別に悪いことじゃない。

だが、伝統食の奥にある農、漁などをどうしてきたか。さらにそこに息づく日本人の文化はどう扱われてきたか。すべてないがしろにしてきた。結果、日本人の拠《よ》って立つ基盤がどんどん弱くなった。

これまではそれで良かった。食いものを他国に任せることで、工業製品をつくり、これを売って先進国の仲間入りを果たしてきた。

戦後の日本の発展は食べものをアメリカに任せることで成り立った。これは、戦争中より危ない。自国のもので自国を飢えさせないのが通常、独立国だろう。日本はこの前提を破っている。

アメリカは日本に農産物を売ることで、アメリカ国内の事情をよくした。例えば農業従事者は選挙の際の影響力として見逃せない。政府の財政面でも、食糧を言い値で買う日本の存在は外せない。

敗戦直後、アメリカに頼った日本以外の国々は徐々に自分の国で主要な穀物をまかなうようにし、アメリカからの食糧を拒否した。日本だけが拒否せず、延々と受け入れてきた。日本の胃袋はアメリカに握られ、ご機嫌をうかがいつつ、おさがりを戴く。

アメリカはすべての農作物について門戸開放を言い立ててきた。

ＴＰＰについても、日本はどうにでもなる国だと思っている。日本の米を攻め落とすことが出来れば、あとはなし崩しに思うがまま。日本に金が余っていて、農など棄てても食べものはいくらでも手に入るという状態が、いつまでも続くのなら話は別。だがアメリカに旱魃《かんばつ》が襲わないと誰が保証するか。現に時々各地で乾ききり、深刻な状態となっている。あるいは何らかの理由でアメリカが機嫌を損ねる事態が起これば、日本への輸出も止まる。また、日本以外により条件のいいお客の登場も当然であろう。

世界の人口は増えるばかり。人口爆発、食糧危機は昔から言われてきた。食いものを持たない国は脆いのだ。

日本の農業従事者も努力はしている。それこそ昔ながらの伝統を守り、独自で工夫して農産物を作っている。しかし、その種子の多くは海外からの輸入、また肥料も同じ。そしてトラクター、耕運機、ビニールハウス、これらすべて石油なしには動かない。この石油も他国頼み。

アメリカは遺伝子組み換え産業が盛んというより独占同様。遺伝子を組み換えることで、害虫に強い農産物や、見た目や大きさが揃い、味も均一、市場で扱い易い野菜などを手掛けてきた。つまり、人間にだけ都合の良いものをつくり、効率こそ最大のメリット。

一方で、遺伝子を組み換えることで、例えばガンにならない人間をつくろうとしている。これは人類の根源に関わること。数多くの問題がある。

人間の思いつきで寿命や平均年齢を動かすことが、果たして人間の幸せにつながるのか。太古より不老不死の願望は強い。だが、どんな人間にも死は必ず訪れる。この現実が人間を救ってきたのだ。

人間はものを考え、行動する。

無病や不死に近づくと人間はそれでお終い。まず、何も考えなくなる。考えなくなった人間は死んだも同じ。

あるいは生命の誕生の操作。それが行き過ぎれば人間は自力で子孫をはぐくめなくなるだろう。

地球上のちっぽけな生物である人間だけが、生命をコントロールした気になっても、それは一時的な現象。ホモサピエンス・サピエンス、人間の滅びを早めることにつながる。

言えることは、一つの遺伝子組み換え技術が、末広がりに増えていき、それが人間にいかなる影響を及ぼすか、その結果は誰にも判っていない、そして責任は誰も取らないということ。
この開発により、人類は救われるのか。はたまた終焉を迎えるのか。

それはプルトニウムと何が違うのか

遺伝子組み換え技術によって、世界の食べものは変化し続けている。圧倒的強さを持ち、穀物を牛耳るアメリカ。

アメリカの穀物会社はもちろん民間ではあるが、アメリカ政府の言うまま、国益とも深く関わっている。いわば世界の食はアメリカにかかっている。世界的に人口増加がいわれ、農の基本であるお天道さまをはじめ、自然と共存する約束を守っていては人口に比例する多収穫は望めない。作物が多ければ多いほど、飢えにあえぐ人は減る。

遺伝子組み換え研究の始まりは、それが理由でないにしろ、遺伝子を組み換えることによって収穫量を管理出来るという。これにも一理はあるかもしれない。だがこの技術も他と同様特許がついて回る。

遺伝子組み換え技術によって理想の作物が出来ると判って、他の国でも研究を進める。しかし同じものはつくれない。すでにアメリカが特許をとり、これを利用しようとすればそこにロイヤリティが生じる。それを払ってでもつくれる国と、払えない国はアメリカの言いなりになるしかないのだ。

さらに言えば、自然のごく一部の存在に過ぎない人間は、これまでも飢饉に見舞われ、流行り病にも冒されてきた。そしてこれらにより人口が調整されてきたという一面もある。たかだか五十年程度の間に人間の数は倍増、そして自然をコントロールしながら生きていけると思い込んでいる。

生産を管理してきたという意味では、農薬も同じだろう。害虫に冒されぬよう、薬をまいて生産を保つ。だが農薬の場合、虫の方もやられてばかりではない。薬に強い生態となり、薬との追いかけっこが続いてきた。農薬の使用が人間にいかな影響を与えるか、すでに因果関係はあれこれ言われている。さまざまな薬に強くなる虫たち、これも本来の自然にはないこと。だがまだしも、農薬使用における生きものの進度はゆるやか。自然に近い。

遺伝子組み換えの場合、虫は抵抗も出来ない。人間への影響も判らない。

遺伝子を組み換えることで、農薬の必要もなくなり、見た目の美しい作物が出来る。農薬と違ってうしろめたさも少ない。だがあくまで非自然、人工の手が加わっている。つまり遺伝子組み換え技術によって生まれた食べものは、見た目はこれまでの作物だが、中身はといえば地球上で初めての物質、うわべ自然の如くにみえて自然界にあるものじゃない。

この点で言えば、プルトニウムと何が違うのか。

歪んだ食は元へは戻らない

地球上で人間だけが勝手気ままに振舞っている。

放射能や遺伝子組み換え技術が、まわりまわって人間にどう影響するか。人間の根本を変えてしまうものかもしれない。結果はすぐには表われない。誰にも見当のつかないことをいいことに、胸を張って研究が進められ、そこにわけの判らない手合いが入り込み、事態をますます悪化させていく。

遺伝子組み換えという、あやしい技術によって、世界の食が大きく変わりつつある。すでにこの技術はあふれている。世界には、農業にふさわしくない気候、風土の地域もある。今後、人口の増加、気候変動などで、自国でまかなえず、ますます食いものに困ったら、それらの国は輸入国となる。

たとえそれが遺伝子組み換え作物でも、頼らざるを得ない。アメリカは援助するだろう。だが当然そこからアメリカ支配がはじまる。

食の面を他国に握られるということは、奴隷と同じ境遇。

安くていいものを安定的に供給し、受け入れるうち、その国の自給率は下がり続け、やがて元々あった農の仕組みそのものが壊れる。

そこで、一大事と気づいたところでもはやどうにもならない。いい見本が日本だ。

日本は自然に恵まれ、小さな島国なりに、風土を生かした農業、漁業を営んできた。米だけでなく、稗《ひえ》、粟《あわ》、麦といった五穀、大豆や芋などを食べ、野菜に近海で獲れる小魚を食べる。先人たちの知恵に培われた伝統食があった。自分たちの食いものを、自分たちでまかない得る国だった。

それが明治以降、食べものの輸入がはじまり、輸入の増加につれ、少しずつ内容が変わった。そして、決定的なのは、戦争。日本は敗戦後の食糧難を機に、伝統食を棄てた。

この島国に住む人間にふさわしい、あるべき姿に戻せれば、日本は生き残れるかもしれないが、果たして、現代を生きる人にそれが出来るかどうか。

日本人にふさわしい伝統食が通用した時代と現代とでは、体も味覚も違う。

食に対する考え方がそもそも変わった。口にするものに対しての価値の決め方、例えば輸入した牛肉を国産と偽ることに過剰に反応してみせる。

台湾産のうなぎ、しじみ、あさりも同じ仕儀。売る側が国産と偽装することで、仕入れよりはるかに高い値段で売る。これに対し、世間は、けしからんと怒ってみせる。あるいは賞味期限の改ざんを言い立てる。こういう商人はもちろん誉められたもんじゃない。だが消費者が食って害はなく、うまいと感じたなら、いいじゃないかとも思う。

元来商売とは売る側と買う側のかけ引きである。商いを営む側は、万一、中毒でも出せば、これはもう死活問題。ほとんどの小商いの場合、信用が何よりと、売る側は十分心得ている。その上で安く仕入れたものを、いかに高く、あるいは古く仕入れたものから順に出す。それをいかにお客に気分良く買わせるか、商いのコツ、商人の腕の見せどころである。買う方もまた考えて選ぶ。

賞味、消費期限の判断を数字でするようになってから、消費者の食に対するピントがズレ始めた。

基準にするのは自分の舌や鼻、目じゃなく記載された数字。また、ちゃちなブランドレッテルを貼りつけられただけで、それをよしとする。

食の安全が言われるようになって、曲がったキュウリやナス、虫食いの菜っ葉、いわゆる規格外のものは、市場に出なくなった。つれて、林檎や蜜柑など、昔に比べ大きくなり、また腐りにくいものが増えた。昔なら、カビが生えていいところ、ピカピカで光る果物がいつまでも保《も》つ。

以前、取り沙汰された狂牛病には過敏だったが、さてその原因となった事柄及びその背景については、あまりいわない。

牛が涎《よだれ》を流しよろける映像をテレビ画面に眺め、肉を食えばああなってしまう、と思い込む。一時的にであれ、肉全般を極端に拒否。

ぼくは狂牛病がいわれた頃、これで日本人の食卓に、近海の魚が戻ってくるかと考えた。それならば結構なこと。だが魚離れは年々進むばかり。

このところ、ファストフィッシュなる言葉が登場。訳せば、お手軽な魚。ぼくは鰯《いわし》や秋刀魚《さんま》など、比較的安価で、手に入りやすい魚のことを言うのかと思った。実際は違うらしい。何でも骨抜きの魚、切り身など味付けがしてあり、電子レンジであたためて食べられるお手軽な魚を言うらしい。魚離れを食い止めるべく、お上肝煎りで宣伝している。捌《さば》くのは嫌、焼く、煮るなど調理が面倒、骨があるといって、近頃は食卓に魚を出さないし、子供も食べないという。

ファストフィッシュとやらが重宝され、今後一般的となったら、子供は生きた魚を目にして驚くだろう。水族館で泳ぐ魚と自分の食べている魚が一緒だとは思わない。

日本は養殖の技術も進んでいるが、はじめは背骨の曲がったものなどもあった。なるべく自然に近づけてきたこの分野だが、ファストフィッシュが盛んとなれば、多少、背骨が曲がっていても構わない。切り身が重要視されるだろう。

現代人はもはや味覚と嗅覚で、食べものの良し悪しを判断出来なくなった。つまりこれは、動物としての人間の退化である。

世に出まわる食品に安心安全を求めて、今の姿、形となっている。品種改良された食品、あるいは防腐剤、添加物、人工着色料で見た目のきれいなものを口にして、賞味期限の切れたもの、次から次へ廃棄する。

いったん歪んだ食の基準は元へは戻らない。

第三章　これから起きるのは、農の復讐である

本当に飢えたとき、人は人でなくなる

昭和十七年ぐらいまで、配給制度とはいえ米は手に入った。やがて本土決戦に備え、徐々に軍が米を買い占めた。朝鮮半島、台湾の米も入らなくなった。国民は代用食で飢えを凌《しの》ぎ、だが戦後その代用食すら事欠く明け暮れ。食糧難が深刻となった。

飢えを表現するのは実に難しい。腹が減る、イコール飢えだと思っている向きがあるが、それは少し違う。

腹が減るという意識があるうちは生きている証拠、幸せなことである。人が本当に飢えに直面した時、お腹が減ったなど考えるゆとりなどない。

人は人でなくなる。早い話、殺人でも強盗でも何でもしてしまう。

ぼくはまだ子供だった。食いものを争う地獄をあれこれ目にしたわけじゃない。だが自分自身、思い出したくないいくつかの記憶がある。

まだ乳飲み児だった妹を抱え、毎日一緒にいるのだから、日に日に痩せ衰える姿には気づかない。だがふとした拍子に、妹の透けるような白い肌に、赤い吹き出物、あせもが被い、髪にはびっしり虱《しらみ》の卵、あやしても以前に比べ、表情の枯れた様子をうかがわせ、これには愕然とした。当然ミルクなどない。

かたい脱脂大豆を自分の口に含み、やわらかくして与える。しかしぼくも腹が減っている。妹に食べさせるつもりが、するりと自分で飲み込んでしまう。それを悪いとも思わない。養父の遺した金はあった。だがとんでもないインフレで駄目。またその金で何とかやりくり出来るだけの知恵がなかった。

人気のない畑で、トマトやキュウリをこっそりもらう。そのうち農家の人に見つかってこっぴどく叱られた。この時、ぼくが手にしていたのは芋の葉。汁に入れようと思っていた。

ある日、林檎をかじっている五、六歳の男の子が畦道《あぜみち》に座っていた。林檎が食べられるということは贅沢な部類、きっと農家の子供で不自由していないと思い込み、ぼくは猛スピードでそれをかっさらった。林檎なら幼い妹も食べられる。だがその前に自分でかじってみた。林檎だと思っていたが、それは芽の出た、生の芋だった。生の芋を口にしていたということは、少年も飢えと隣合わせだったのだろう。いまだ、ぼくに盗られた時の少年の表情を覚えている。

昭和二十年八月の敗戦まで、まず餓死はなかった。

天下無敵の大日本陸海軍が、徐々に弱体化、大本営発表の告げる戦果は華々しかったが、実は敗け戦。それでも戦争が終わる頃まで、親のいる家では、大人同士が話し合ってあれこれ融通、また田舎のある人は、疎開したり頼ることも出来た。

本当の意味で日本列島が飢え始めたのは、戦争が終わってからのこと。

戦争末期から食べもの全般が不足気味。配給とは名ばかりの遅配欠配が続き、これをアテにしていたのではとても生きてはいけない。各家庭、庭や道端、あらゆる空地に畑をつくり、植えられるものは何でも植えた。手っ取り早く出来る二十日大根、つまみ菜、ちしゃ菜などが主。芋、かぼちゃは代用食として重宝された。作るには作られたが、実ると盗られてしまうことが多かった。

町住まいの者は買い出しに出掛ける。この時、ボロを身にまとう。きれいな格好で行くと田舎の農家は知らん顔して売ってくれないという噂が伝わっていた。さらに町住まいの側にも農民への偏見があり、農民はボロボロの野良着を着ている田舎者と決めつけていた。

農家には確かに食べものについてのゆとりがあった。町住まいの者は金を手に、あるいは着物、洋服を引っ抱え、食べものを求めて農家を訪ね歩く。農家の中には心安く応じる者もいたし、頑として売らない者もいた。売ったとしても足元をみて、値踏みする。相手が安手の着物を持ってきたなら、芽の出たじゃが芋を渡す。意地が悪いともいえるが、これまでの仕打ちを思えば当然ともいえる。

町に住む者は農家を馬鹿にして、米づくりの苦労など考えない。農家は米の値段、麦の値段でひどい目にあってきた。一年三百六十五日、汗水たらして働いても、大した収入にならず、同じ労働に違いないはず。だが農民は町住まいの者に、田舎者とずっと見下されてきた。

それが一変、食いものに困ったら、手の平返す如く、分けてくれと擦り寄ってきた。

農の都会への復讐が始まる

戦争は価値観を変える。

戦争を機に農民の生き方も変わった。中には農を営みつつ、蔵をたてた者もいる。以前なら考えられないこと。配給などアテにならない食糧不足の時代、当然闇がはびこった。農家はそれぞれ供出の割当てがされていた。だが、穫れ高を誤魔化せば、この網くぐることも出来た。闇にまわせば公定価格の何倍もの利益が出る。自ら闇に関わらなくても、ブローカーがやってきて、万事心配するなと猫撫で声で言う。ブローカーに渡せばその場で現金が手に入る。闇の味を知った農民は、買い出しの者には強く出た。

同じ農家でも、場所によって穫れる量が違い味も異なる。味わい深い米は棚田などに多い。耕地も狭く、作りにくい所で米は丈夫になり、手がかかった分、味に深みが出る。

山間部など、環境の厳しい場所で穫れる米は平地で出来る米よりうまかった。しかし、質より量が求められる時代、こだわって稲づくりに励んでも、穫れなきゃ儲からない。

細々と米づくりをしていたのでは立ちゆかない。さらに、小作料を金で納めるとなって、小さな規模の農家では成り立たない。

こだわってきた米づくりをやめ、父祖伝来の土地を放棄して、都会に出る道を選ぶ者も増えた。戦中戦後、闇で儲けた農家は多い。金がものいう世の中は、これまで土に拠って、自然とともに生きていた農家を狂わせた。

ぼく自身も戦後の農家の傲慢さを少しは知っている。

神戸で焼け出され、ほっつき歩いたあげく、大阪守口市の親戚に辿りついた。大阪市立中学へ移り、そこから通う。授業に出てみると、神戸で習っていた内容とまるで違った。というより、ぼくにしてみればおさらいのようなもの。大阪の中学はかなり遅れている印象。ぼくはたちまち成績トップになった。

学校はみな、弁当持参だった。だがぼくにはない。仕方がないから飯の時間はいつも校庭でぼんやり過ごした。

ある日、見かねたのか、一人が近づき、弁当を差し出した。アルミの弁当箱に白い飯、梅干におかずも何やかや入っている。「好きなだけ食えや」という言葉に、遠慮なく食べた。以後仲良くなって、その同級生の家庭教師を引き受け、彼の家へよく出掛けるようになった。彼は守口市外れの農家の息子だった。

ぼくが行くと、ふかした薩摩芋やじゃが芋を出してくれる。もともと親戚の家は居心地が良くない。厄介になっている負い目があって帰りにくい。ぼくは彼の家へ、しょっ中入り浸るようになった。

ぼくが勉強を教え、そのかわり飯を食わせてもらう。両親も気さくな人で、ぼくはずいぶん世話になった。その農家の集落でよく目にしたのが宴会。夜になると一軒の家に何人もが集まり、どんちゃん騒ぎとなる。ぼくは、はじめ何かの祝い事かとみなしていたが、どうもそれだけでもなさそうだ。

歌をうたい、踊りを踊って、男たちの低い笑い声に嬌声《きょうせい》が混じる。辺りは一面田んぼで暗い。その中に一軒、煌々《こうこう》と灯を照らす。

とにかく頻繁に騒ぎ、翌朝には決まった光景が広がる。畦道にずらり仕出し弁当の殻、お銚子、酒瓶が雑然と並ぶ。

つい見ると、卵焼き、まだ身の残る焼魚、乾いたさしみなど、食べ散らかしたあとが目に入る。同じ頃、町では飢えた者が続出していた。

戦争が終わり、とられていた亭主、息子が帰ってきた。めでたい事に違いない。働き手が戻ったことで作業もはかどる。食いものの心配のない農家では、守口市に限らず、似たような風景があちこちに見られた。

地域によって差はあっただろうが、戦後半月ほどで学校は再開した。

そこでも農村の子供たちと市内から通う生徒では、はっきり差があった。農家の子供は白米のびっしり詰まった弁当を持参、それを見せびらかすように食べ、引き換え町住まいは代用食がほとんど。薩摩芋一本、うどん粉焼き一枚で空腹を満たす。それでもあるだけまし。ぼくのように、水だけで過ごす者もいた。

服装もバラバラ。もともとあった服は空襲で焼けている。あるいは食べものに代っていた。農家の者は物々交換で手に入れたらしい学生服、その中央には早稲田や慶応のボタンが輝いている。それを臆面もなく着ていた。

農家だけでなく、肉屋、魚屋など主に食いものを扱う店の子供は恵まれていた。町住まいの子供は、軍服ならいい方、窮屈な上着に太もも部分の膨れあがった乗馬用のズボンといった、ちぐはぐならまだしも、年中半ズボンで過ごす者もいた。

農家の子供は、昼間水だけ飲んで腹を減らしている同級生を子分にし、肩肘張った姿で優越感を隠そうともしなかった。子分となった者は、へらへらおべっかを使い、何やかや食いものを分けてもらう。

ぼくの場合、少し違って、学校じゃなく友達の家で家庭教師を引き受けるという形で、お礼に飯をご馳走になっていた。ぼくはそこで引け目を感じたことはない。家の人も、しごくあたり前に接してくれた。

農家の子供に限ったわけじゃないが、つい数ヶ月前の教師に対する態度と敗戦後のそれに違いがあった。戦争中は好戦的言辞を弄し、生徒をけしかけ、軍関係の学校へ志願させた教師が、戦争が終わると一転、平和が大事という。多かれ少なかれ、敗戦によって教師の言動は変わったが、迎合ぶりの極端だった者は、一部の生徒たちから戦争協力についての責任追及が激しくなされた。

教師として時代に翻弄されたに違いないが、戦中は特に皇国史観のもと、教師の言うことは絶対だった。それで命を落とした者もいる。

突然の戦争終結に教師も動揺、子供たちもどう対処していいか判らない。授業は再開したものの、学校もしばらく混乱していたのだ。

昭和二十年の暮れ、闇市にはお正月の飾りものが並んだ。

この頃になると、都会に住む者で、闇市に足を踏み入れたことのない者はいない。買えるかどうかはともかく、物があるという活気につい、足が向く。

正月用の食料品はいつもの数倍の値がつけられた。しかし飛ぶように売れたという。

町住まいのほとんどには、お飾りなど買うゆとりはない。それでもあたり前に正月が来る嬉しさ、またそれを素直に喜ぶ気持がある。それぞれ工夫して正月に備えた。

一方農家では、正月に白い餅、お節を整えるゆとりもあった。

進駐軍は九月頃から各地に姿を見せた。はじめは都市部に、そのうち農村へもジープが現れた。背も高ければ肉づきもいい。彼らの物珍らしげに歩く姿を、各家、遠巻きに眺める。やがて、闇市に進駐軍の物資が出回るようになった。これは彼らと付き合った日本女性が貰ったもの。始末に困ってあれこれ闇に流したのがはじまり。

ぼくは農家の子供たちが、親にチョコレートを買い与えられているのを目にした。この頃、砂糖など闇でしか手に入らない。値段は公定価格の数十倍、子供たちにとって、甘いものなど夢のまた夢。

食糧不足の時代、塩も貴重だった。塩はいちおう専売制。一般人の手には入りにくい。それで、かえって闇に流れやすくもあった。

農家では米や野菜はあるが、海のものがない。年中八百屋が出入りし、干物や塩と交換に野菜を持っていく。出入りするのは八百屋だけじゃない。多くの行商人が衣類や雑貨を手に入り込んでいた。

しかし、日本の農の解体はすでに始まっていた。

一度途絶えた農の知恵は、蘇らない

戦後まもなく、日本の農業は大きな転換期を迎える。農地改革である。

かねてより農林省は今後の日本の農業発展を考え、地主制度をやめ、作ったものは作った人間の管理下におくというような農地改革を構想していた。戦後、日本にやってきたGHQの思惑はまず、日本の軍備を崩壊せしめ、抵抗力を奪い、今後二度とアメリカに歯向かうことのないよう仕組むこと。その中でも、農業体制の見直しについては、積極的だった。

だが日本側の示す内容には不満を抱き、農地改革はGHQの指導のもと、改めて行われた。GHQは、農地改革が日本解体にも通じると考えていた。つまり、地主制度が、大日本帝国を支えていた一つの要因ととらえ、日本を戦争に赴かしめたのは、全国にはびこる地主と小作のあり方によるものも大きいとみていたのだ。

確かに、明治後期、地主制が確立され、いわゆる小作人、つまり農奴の存在が富国強兵の礎となった。以後日本は軍国主義国家の道をひた走る。

アメリカにはさらに、日本の共産化を防ぐ目的もあった。

戦争に敗けた国はまず食いものに困る。つれて起こる飢えや貧困、病気の流行は共産主義の温床となる。もし日本が共産化したら、アメリカにとっていい事は何もない。

すでに世の中で、資本主義と共産主義の対立が顕著となっていた。やがて始まるであろうアメリカをとりまく国々との対立、日本はアメリカの後方支援基地として重要な存在、そんな時、日本が共産主義となっていては一大事。アメリカは何のために戦争に勝ったのか、元も子もなくなる。この事態を避けるためにも、日本にとって革命的な農地改革を行う必要があった。

戦前にも自作農を奨励する各種法律が施行されてきた。しかし結局、農地の仕組みは旧態依然のまま、地主の土地所有権についてはは触れられることはなかった。

地主ときけば泣く子も黙る権力の持ち主。小作がせっせと働いて田畑を耕やしても、ある時、地主の機嫌を損ねれば、たちまち土地を取り上げられることもよくあった。三百六十五日手塩にかけて育てた実り、だがその利益は地主と折半。この不合理を受け入れるしかなかった。

昭和二十年十二月、農地改革の指令が出された。どうやらGHQのお触れらしい。まだその詳細のはっきりせぬまま、農地では地主、小作それぞれが自分に都合のいいように解釈していた。戦後の混乱期、すべてとはいわないが、都市周辺の農家の多くは有卦《うけ》に入っていた。

昭和二十年は全国的に冷害に見舞われた。しかし農家は豊かだった。収穫が終わり、農家にはそれぞれに、供出代金が入り、加えて闇に流せば流しただけ儲かる。農家の箪笥《たんす》には町住まいの者が、芋や麦と交換に差し出した衣類がびっしり納められていた。野良着として、朱色の羽二重《はぶたえ》を身にまとう者もいた。そんな中、新しく法律が施行され、従来の借地制度は廃止される。

地主の田んぼは国に買い取られ、それらは小作に売り渡された。これによって多くの自作農が生まれ、昨日までの地主と小作の間柄はガラリと変わった。とはいえ、土地を手放したくない地主たちには抜け道もあった。

土地を貸して年貢を納めさせる代わりに、小作を給料で働かせる。それでも新しい法律を楯に土地を自分のものにしようとする小作もいる。地主はその小作を村八分にした。そうすることで、収穫は激減する。となれば土地を手放すほかないのだ。

売り渡された田んぼの値段はおしなべて安かった。国は極めて安く田んぼを買い、小作に廉価で売った。この安さはインフレの影響もあるが、只同然の場合もあり、小作人にしてみれば棚からボタ餅、有り難かったが、国に土地を取られたと、後々まで恨みを残す地主も多かった。

安く田んぼを手に入れた小作だが、その後が順風満帆かといえば、決してそうでもない。元々、地主の上に国があり、経済的に恵まれた小作など、ほとんどいない。

農はあくまでお天道さま相手である。

冷害、日照りなどある時、不作となれば誰にも頼れない。たちまち困窮する。歴史をさかのぼってみても、農家は飢饉による人身売買によって、餓死をまぬがれることが多くあった。生き延びるための手段の一つ。子供を有力な農家に売り、その金は残った家族の食い扶持となる。売られた子供は多くが働き手として日々を過ごす。その子供のおかれた環境によって事情は異なるが、少なくとも食べることは出来る。例えば三年に一度は不作に襲われる地域がある。特に東北地方の恒常的に貧困の続く山村地帯などでは、戦前から娘を売っていた。うわべは年季奉公、これで残りの家族を養う。といっても地主への借金返済を済ませれば、かつかつの生活。

自作農になった以上、収穫はすべて自分のもの、と同時にその責任を負わねばならない。凶作が続けば、元小作人はお手上げ。農地が自分のものとなって以後、その土地を手放す者も多くいた。

ぼくは、農地改革以前の地主と小作の間柄を特に良しとするものではないが、農地改革によって、日本人の土地に対する思いが変ってしまったように思う。水田稲作を中心としてきた日本の農業は、人間が自然の中でその一部に過ぎないということをよく判らせていた。日本人の土地とのつき合い方は、西欧に昔から見られるような、個々の所有意識というより、列島に住む者それぞれが、天から預かっているという気持が強かった。

太陽と水の恵みに感謝しつつ、飢饉におとしめる冷害、風水害、旱害など自然災害を恐れる気持を持つ。土地は集落単位で考え、四季に祈りながら生きる。これが特別な繋がりを生んでいた。それが農地改革以後、土地は自分のものという気持が生まれた。

土地についての執着心が芽生えたのだ。

農地改革が行われるまで続いていた地主と小作の関わりには、日本の農を守る上で、重要な役割を果たす部分もあった。

地主は元来、篤農家も多い。土に対する知恵を持つ。虫の発生や台風の到来を予測し、あるいは山に残る雪の形から夏の温度を推しはかる。これらを小作に教える。地主と小作は一種の親と子供の関係にも似ていて、地主を中心とした農村は、ある面健全でもあった。

農地改革以後、米価は一律となり、篤農と駄農の差がなくなった。米はその文字通り八十八たび手をかけるといわれるが、かけ方によって米の質に違いが生じる。

田んぼが自分のものとなって、どう作ろうと、また作るまいとそれぞれの勝手となった。例えば豊作の時は米が余る。これを取っておき、翌年の作業を休む。以前ならまず考えられなかったことだ。

流通する米が減ると、当然米の値段は上がる。つれて元小作の生活水準は上がった。これはこれでいいことだ。しかし日本の土地が荒れたことは、のちを見れば判る。

農は稲作をはじめ、集団で行うもの。集落で話し合い、助け合って営む。集落の土地は集落のもの、誰も荒らさず、皆で大事に守ってきた。さらに言えば、土地は公のものという気持があった。かつては上に将軍がいて、その上に天皇がましました。だが根底には、天からの預かりものという意識があった。農地が自分のものとなって以降、その意識はうすれた。

土地というものは、大きく見なければいけない。

豊かな土地の保全には、水田という仕組みが大きな力となってきた。一年に一度、作られる水田は、いわば一つ一つがダムの役割りを果たし、それは日本列島の水を保つことにつながる。もともと水の豊かな国、日本の農によって守られてきた。自分の土地という所有意識がはびこるようになって以後、日本の土地が荒れた。

戦後、お上が行なった農業政策は、農は国の基という理念から大きくずれていく。

昭和四十二年頃、米が余ったといわれ出した。かつて餓死寸前の経験をしたぼくには、信じがたいことだった。

国は出来た米は買う約束。しかし米が余れば古い米の在庫が増える。これを保管するだけで莫大な費用がかかる。買い上げた米が売れなければ国の赤字となる。そこで四十四年から、減反政策がはじまった。米の需給を調整するというお上の意図だったが、減反政策はその予想を上回る普及率で進んだ。進んだはいいが、例えば田んぼを、これまでの八割にしても、農家はその八割で十のものをつくることが出来た。

それぞれの技術もあるが、農薬や肥料を増やすことで、以前と変わらない収穫を得る。この頃から農薬の過剰な使用も増えた。

多くの農家にとって、減反政策の詳細は不明、とにかく田んぼを棄てることだけがいわれた。お上は整備した上、転作をしても良い、田んぼの管理はある程度農家の自由といいながら、一方では圧力をかけた。

補償金目当ての農民もいた。減反を行い、補償金をもらいながらも、やはり生まれついての農民、荒れてしまう田んぼを放っておけない。そこで手を入れる。だが少しでも整備すれば、あの家は金をもらっておきながら、何か別のものをつくるらしいと噂され、農民同士いがみ合うこともよくあった。

密告も盛んとなって、結局減反イコール土地放棄という風潮が広がった。その結果、猛々《たけだけ》しい草だらけの原野に戻る田んぼが全国に増えた。

戦後、飢えにさいなまれた経験から、米の増産がいわれ、全国各地で開墾が行われた。戦前戦後、農家も翻弄されながら、それでも日本の胃袋は、我々が支えるのだという気持のもと、工夫して米づくりに励んだ。そこへ今度は米をつくるなといわれ、補償金はもらえるが、農家の心は傷つき荒れて当然。

消費者の側も農に関する国の政策は過保護だと決めつけ、実態を知らぬまま放置した。米づくりにしても野菜づくりにしても、日本は生産者と消費者が離れすぎた。金さえ出せば買えると思い込んでいる。社会の仕組みもそうなっている。

かつては、冷夏の夏にオロオロ、晴れ続きの雨には、いいおしめりですねと都会人でも天候と作物を慮《おもんぱか》った。今、天候で農作物の価格高騰がいわれりゃ、外国の安いものを買う。

人間誰しも安くて安全でうまいものを求める。見方を変えれば安価である程度、安全でうまけりゃ何でもいいということ。

これまで日本人の食を支えてきた農民、農民をとりまく地域社会は今、どうなっているか、その多くは息絶え絶えである。

土を守り、周辺の環境を保持してきた農家は、たいていが小規模農家である。規制緩和して大規模農業を促す動きがある。これはこれでいい面もあるのだろう。だが先行きどうなるか。

企業が参入すれば販路は広くなる。一方で偏った生産が幅をきかせる。売れるもの、海外向けや国内外富裕層を相手にした商売。田んぼや畑は、工場の如く酷使されるだろう。

TPPへも参加、生き残りをかけ、成長を求めるにはこれ以上出遅れてはならないという。さてその結果、安い外国米が入ってくる。かつて、まずくて相手にされなかった各国の米。品種改良を重ねて日本の米に近く、ずいぶん旨くなっている。

今さら日本の食を見直すといっても、一度途絶えた文化、伝承、知恵は蘇らない、またその土壌もない。

第四章　すべての物に別れを告げよ

日本は、政治や経済では救われない

ぼく自身、経済について疎い、全くの素人であれこれ言う資格はない。ないが、金融専門家とやらを名乗る諸氏の意見も信用しない。

戦後日本はアメリカの庇護のもと、平和国家として成長。気づけばGDP（国内総生産）が世界第二位の大国に躍進、だが何もことさら経済大国を目指したわけじゃない。焼跡の上で、今日明日食うものもない。食わなきゃ死んでしまう。この苦境からの脱出を図るうち、自覚ないまま経済大国とやらになっていたのだ。

今、経済は停滞しているらしい。景気も悪く、世界的規模の金融危機、大恐慌などもささやかれている。

世界は連動している。他国の経済動向が日本の経済に影響を与え、その逆もある。各国の政治情勢も動いている。このうねりが、世界の経済市場を動かす一因であることは確かだが、世界で起きている事柄について、市場の反応がどうだ、株が上った下ったなど、まず経済的視点からだけで語るのはよくない。

いろんな立場から見て、これを本質的に探り、いかに対応するか。マスコミこぞって、金融不安を煽っては問題の本質が判らなくなる。

経済というものは、常に沸騰するお湯のように上から下、下から上へ動いている。いちいち一喜一憂するばかりでは、はじまらない。金は天下のまわりものとも言う。だが、国内に目を転ずれば、日本は停滞したまま立ち往生。

日本の要、製造業にかげりが見えている。町工場、中小の企業の青息吐息は今にはじまったことじゃない。年中資金繰りに奔走、世界の著名な企業が認める技術を持ちながら、かつかつの綱渡り、これに加え、戦後日本の製造業を牽引してきた大手も今、赤字に苦しむという。このかげりは何に由来するものか。

円高、震災、世界情勢、さまざま原因はあるにしろ、ぼくは農の衰退が製造業の衰退と結びついていると思う。

日本の農と製造業は表裏一体である。一方が衰えれば必ず一方が廃れる。戦後、日本の製造業は飛躍した。高度成長という波に乗ったこともあるが、日本の工の発展には、農が深く関わる。工と農の間には共通するものがあった。

農はお天道さま相手、自分たちの努力だけではどうすることも出来ない面がある。故に細やかな心遣いが必要。あれこれ工夫し、目配り気配りを働かせて、田畑とつき合う。農が身近にあったかつての日本人が、工におもむき、独特のきめ細やかな発想と器用さを生かし、日本の製造業を支えてきた。

農を離れた日本で、工の衰退はある意味当然とも言える。

給料は上がらず、税金は増えるだけ。震災後の回復度も悪い。山積する問題の前で、ただ腕を組み、難しい顔をして先送り。こんな風に何も決断出来ぬ首相はもういいと民主党政権への期待は日に日に縮まり、支持率は下降の一途、あげく与党の座を奪われた。

いつの世のどんな政権であっても末期は同じ。だが、首のすげ替えをしても代わり映えはしない。結局は同じことだ。

政権交代で各大臣も変わる。大臣の椅子に長くしがみついていればいいってものでもない。いつの間にか、大臣と官僚の、お互いの利益が一致、悪弊が生まれる。だが、猫の目の如く変わられては、名前と顔を覚えるだけで精一杯。

本来、官僚は使いこなすべき存在。それが今、官僚の言うがままにならざるを得ない。消費増税への国民の抵抗は、増税反対というより、お上や官僚への強い不信感のあらわれとみるべき。

ぼくは、一つの政権が、もう少し腰をすえて続いた方がいいと思っている。だが選挙も悪くない。

選挙というものはお金がかかる。スッカラカンになって、ようやく候補者の生地が見えてくる。選挙は候補者の生地で戦うべきなのだ。

政治には金。事務所家賃、人件費、生活費はともかく選挙がらみで莫大な金が要る。冠婚葬祭も多く、肝心の調査、勉強はおざなり、法の目をかいくぐって金算段に奔走。

世間の側は、政治家全般について、金にきたない人種とみなしている。だが、選挙民の中に、候補者にたかる者もいるのだ。これは何も利権のからむ企業に限ったことじゃない。その規模はいろいろだが。汚職といえば大手と思われがちだが、そうとも限らない。例えば、飲み屋のツケを回す、また我が子の通学のためか、一方通行をつくったりなくしたり、あるいは住宅付近の建造物規制なども同様。身勝手な内容と引きかえに票を差し出す。陳情の中に恫喝が混じる。

選挙が間近となれば、候補者、政党の言動にいくらか興味を示すが、日常はほぼ関わり合いの無い明け暮れ。特に都市部の人間は、自分たちの選挙区から、誰が出て何をしようとしているか、よく知らない。

それでいて依頼心は強く、また税金で食わしてやっているとの気持がある。その時その時の政権は、世間の側と同じレベルにあると言っていい。つまりお上の無能さは、世間にも責任があるのだ。

日本は一つの党に政権を委ねすぎてきた。ごく短い期間を除いて、自民党政権が続いたのは、何もこの党が優れていたというわけではない。天皇を神と崇め一億一心の世の中が、敗戦を機に、今度は金と物こそ至上であると、豊かさに向かって一路邁進。そこにスッポリはまったのが自民党だった。

日本の現状を嘆くことも必要だ、これから先を考えた時、ぼくらは枝葉末節にこだわらず、視点を高く上げなければならない。そこを見据えてさえいれば、少しくらい政治がガタつこうが構わない。

というより、もはや政治をアテにしない方がいい。

物にとらわれるな

十八年前、オウムが現われ、世間を仰天させた。これまで類をみない、サリンという薬物による、無差別殺人事件が起こった。平和で温和といわれる日本で起きたことに世界中が驚いた。

それまでの事件と明らかに違ったのは、サリンを使った殺人が、オウム真理教なる集団の荒唐無稽な教義を背景に行われたということ。世間にしてみれば、マスコミの伝える教祖麻原の言動は、あまりに馬鹿馬鹿しく、信じがたい。だが現実に、多数の信徒を抱え、またその多くは、真面目でよく努力をする若者。ありていに言えば、優等生とみなされる連中だといわれた。

これが世間には理解しがたい。犯罪はさまざまだが、これまで犯人のイメージとして、やくざ者、変質者、あるいは半端者が多かった。オウムの起こした特異な犯罪は、それまでの犯罪心理学から見て、桁外れのものとされた。つまり、これまで考えられてきた犯罪における社会的、時代的背景では、捉えがたい新しい現象が起きていることを、世間に知らしめたのだ。

精神分析、犯罪心理などの各専門家がしばしば登場し、解説。社会に馴染めぬ若者たちの寄り集まり、あるいは教義こそ真理とする極端な妄想集団などと述べた。

確かに信者たちは、サティアンだの、グルだのと耳慣れない言葉を口にし、頭に妙な装置をつけ、世間からみて、風変わりで奇妙にうつる。


戦後、食うや食わずの時、みな生きるのに必死だった。焼け出された者に限らず、日本全体が飢え、物不足の世の中だった。

食べものはなく貧しい。だが、今に比べ生きる力というものがあった。物があふれるにつれ、その生きる力が乏しくなった。

まず食いものがあふれ、有り難みが薄れた。経済の発展によって、物質的な面で他を圧倒し、日本人の懐は、満たされた。だが、これは、絵空事。

同時に精神の荒廃が始まった。

日本にじわじわ広がる暗い影に気づく人はごく一部。金儲け第一主義で昇りつめたのはいいが、バブルがはじけたあたりで、物より大事なものがあることに気づくべきだった。日本はいつの間にか、物だけは与えられ、すべて枠にはめられた社会において、オウムのような集団を生んだ。

この一方で震撼する世間、専門家と言われる諸氏がいる。いずれもあやふやな同じ時代を生きていることに違いない。

みな、紙一重じゃないか。

金が大事の資本主義経済。消費こそ美徳、大量生産があたり前で進んできた。言いかえれば、人間無視社会。世の中、一人一人のモラルが問われるが、経済大国建設に一億一心、必然的に思考停止状態となる。

一方、平和、自由を唱えていれば、それでよしとするいい加減さ。

あふれかえった物の中で、何がとは判らない漠然とした不安感だけが、特に生物として未熟な若者の間に募る。

大人たちが与えたのは物だけで、生きる力を育む下地を与えなかった。

信仰は必要。その対象はさまざまだろう。既存の宗教は力を失い、オウムに限らず新しい宗教が増えた。新・新宗教は勝手。別に信心を否定するつもりはない。ぼくは現状を知らないが、オウム以後も多くが潜在すると言われる。

これに加え、超能力や霊視の類いが世間の認めるところとなり、どういうわけか、こちらは肯定的に受け入れられている。前世やら、守護霊の存在について、あるいはパワースポットとやらをいい立てる。TV、雑誌でもおなじみの構図。生きる上にプラスに働かせる分には結構。パワースポットで言うならば、たとえば神社なら、独特の霊気漂うところもある。

ぼくの場合、巨大な岩や、そびえ立つ樹、滝や泉、別に何の謂われがなくても、はっきり何かが宿るとまでは言わないが、自分なりに感じるものがあり、手を合わせる気持が起こる。

超能力となると少し違う。人間の及ばぬ力の存在は認めるが、ぼくの場合、自然崇拝に近い。

宗教の役割は死との向き合い方もその一つ。今、生も死もあやふや。虚も実もあやふや。今日あるが如く明日あると信じてはいけない。

身のまわりに溢れる食いもの、着るものに別れを告げよ。

今、手にしている、あるいは手の届くところに置かれているそれらは、幻のようなもの。いつ消えてもおかしくない。たぶん信じられないだろうが、現にぼくはそれを経験している。

昨日まであったすべて失った。家族や家、ものを失っただけじゃない。昨日までのあたり前が、あたり前でなくなった。また、一日にして世の中の考え方ががらりと変ったさまも見ている。人間社会とはこんなものとよく判った。

今あるものが、ずっとあるなどと信じてはいけない。

世の中、一寸先は闇。世の中の流行といわれるものをつくっているのは、若者相手に金をせびる大人たち。常に若者は大人たちのエサ。エサに知恵をつけられたら困る。その隙を与えないため、次から次へ情報を垂れ流し、流行とやらをつくって、若者の探求心をそそる。およそ金のため。

若者たちはそそられた探求心を埋めるため、流行のあれこれを手にするのに躍起となる。そこで誰にでも出来るアルバイトに精を出し、アルバイトだって立派な仕事だが、若いうちの貴重な時間を、あまり身につかない単純作業で金を稼ぐことに費やす。金の稼ぎ方も受け身。すべてが無駄とはいわないが、若いうちにしか見えないものがある。

今は文明の利器のおかげで、指一本で世界と繋がる。男も女も年齢も国も問わず、やり取り出来るのは非常にいいことだ。だが、国境が波打際のわが方において、文化の異なる人たちとは、根本的な違いもある。これは致し方ないこと。

見知らぬ土地で、寝る、食う、遊ぶを若いうちにやっておくべき。行ける時に外国へ行った方がいい。これはツアーじゃ駄目。自分ですべて心を配り、危ない所を認識。たとえこっちが避けていたって、危険が及ぶ時もある。そのため逃げ方も身につける。自分独自の危機意識を養うチャンスだ。

あとは恋をすること。

若いうちは気持が不安定。自分を見つめることなど出来ない。それでも見つめざるを得ないのが恋である。他人の存在が自分の確かめとなる。片想いだろうが両想いだろうが、恋には表現が必要。昔から恋唄はすべて美しい。悲惨な結果であろうと、実を結ぼうと、若いうちにときめきやら、やるせなさを感じることが、その後を実り多きものにする。

何でも受け身になるな、そして、物などにとらわれるな。

第五章 また原発事故は起こる

（『世なおし直訴状』、永六輔／小林亜星との共著、二〇〇一年、文藝春秋より）

芋ガソリンでも皇国不敗を信じていた

月に一度、永六輔のラジオ番組に、ゲストということで出演している。朝九時、ハイヤーが迎えに来て、家から局まで、道の混み具合いにより、十五分から四十五分。この迎車は、ゲストの確実な到着を考慮してのこと、本来電車で十分。三月前、季候もよくなったから、迎えを断わり、歩いてみることにした。

昭和二十年代、どこへ行くにも基本は歩き、電車賃がもったいなかった。家から局まで、往時を思えばどうってことでもない。それほど以前にさかのぼらずとも、阪神淡路大震災の現地、まず歩きづめくたびれなかった。極地踏破じゃあるまいし、ごくふつうの身なり足ごしらえ、道筋は出まかせで、午前七時出発、二時間十五分で到着、万歩計は、一万五千弱、ざっと十一キロ。以後同じくして、所要時間二十分短縮。人によって異る。歩け歩けと提唱する気はまったくないが、今は、新宿、渋谷まで私鉄の駅七つ八つほど歩くのが普通になった。

自動車、電車、電車を利用しないとなると、まず自転車だが、ぼくは乗れない。車はともかく、電車を歩きに替えて、特に省エネルギーにはならない。だが、子供の頃から、刻みこまれている概念があり、時代により納得のしかたは変るが、要するに、日本に鉱物資源は乏しいということ。

小学校四年、鉱石標本箱を見た。細かく仕切られた平たい箱に、石の細片が区分けされていて、内容はよく覚えていない。ただ教師の説明、「日本にはたいていの鉱産物がある、ただ産出量が少ない、昔は金銀銅石炭、それに鉄もな、必要量は採掘でけた。金銀銅は掘りつくして、まあ石炭くらいか、国内の需要まかなえるのは」。

すでに中国との戦い四年目、日常生活に必要な物、特にゴム、革製品が著しく入手し難くなっていた。また、五年の授業で、世界の石油産出量六割がアメリカ、一割はソ連、他に蘭領インドネシヤ、アラビヤ、日本は新潟、秋田で出る。産出量は教わらなかった。教科書に、カリフォルニヤ州の、林立する油井の櫓《やぐら》の写真が掲載されていて、それなりの迫力。養父が、石油製品を扱う商社に勤めていて、同年の者より、オイルについての知識はあった。確かに日本でも少しは出る、だが、当時「分溜」といったが、精製設備が整わず、揮発油、灯油、軽油、重油、特に潤滑油となると難しく、揮発油つまりガソリンのオクタン価も低いと、よく訳は判らなかったが心得ていた。

とげとげしくなり勝るばかりの日米関係は、段階的に、持てる国アメリカの、対日物資禁輸で、如実に国民に伝わり、鉄屑が入らなくなって、家庭で使っている金属の回収、ガソリンは民需にほとんどまわされず、自動車は木炭で走る、やがて日本の北部仏印から南部へ進出に至り、対日全面禁輸、日本の在米資産凍結。子供だったから、そう切実に受けとめなかったが、新聞は米英の横暴さを非難。以後の推移は説明するまでもない。

昭和十九年、中学の校庭に薩摩芋を植えた。食うためかと思えば、芋から飛行機用ガソリンを造るらしい。秋以降、裏山、六甲の松を伐採、幹や枝は燃料、根から油を抽出、これを混入することで、芋製ガソリンのオクタン価を高める。なんとなく心許ない感じだったが、まだ、皇国不敗を信じていた。ただ石炭の産出量は、米の穫れ額と同じく気になって、当時、六百万トンがいちおうの目安だった。石油の一滴は血の一滴、石炭は黒ダイヤが合言葉。石炭を乾溜して得られる都市ガスは、神戸市において十九年いっぱい供給されていた。家庭用石炭といえば、風呂を沸かすため、十六年まで、夕暮れ、煤煙の臭いが漂い、煙突のスス払いが商売として成立っていた。太平洋戦争以後、薪炭配給制、石炭は入手できず、内湯があっても銭湯を利用する者が増え、山へ、許されている枯枝、松ボックリ、落葉を拾いに、町内会、隣組単位で出かける。暖をとるには、炭、豆炭、煉炭。木と竹と土と紙で作られた家屋、厳冬に、四畳半なら火鉢一つ、そう寒くない神戸での話だが。有効なのが炬燵《こたつ》、ガスは停ることもあり、また二十年に入ってからは、もっぱら七輪で薪を燃やして煮炊き。

そして、電車、石炭を動力とする汽車は、空襲が激しくなっても、警報解除となっても、変りなく運行されて、しかし、中学生は勤労奉仕で遠出以外、原則として歩いて登校、ぼくは知らなかったが、中学においても学校区が設けられて、それが区分けの基準ではないだろうが、ほぼ全員歩ける地域に住む、ぼくなど外れの部類、片道八キロ、一時間半。

戦争末期、水道は途絶せず、水力発電による電灯も、きびしい灯火管制下、蛍の光に近い暗さながら生きていて、ただ、その他、人間の日々の暮しに、必要なエネルギーの求め方は、江戸時代と大差なかった。戦後の焼跡となると、縄文にまで先祖返り、実際、味つけは塩、貝、海草を拾い、兎狩りをした、火種そのものが貴重品。

生活を支えるエネルギーが、しごく具体的な形で、身近かにあったのは昭和二十年代までだろう。ダムは治山治水じゃなく、発電のため、電球の点けっ放しは、料金より、「もったいない」「無駄」だった。バス、市電が贅沢な乗物、ぼくの年代で、子供時分、タクシーに乗った者はきわめて少い。

近代文明社会を営む上で、資源、エネルギー源の少い、持たざる国などという気持は世間にない。ぼくが物心ついてすぐ戦時体制、何もかも軍事優先となったが、そのための節約じゃなく、なによりもったいない。今から思えば、まことに不便な明け暮れ、かつきびしかったが、祖父母に当る明治初年生れには、眼もくらむ文明開化、少くとも戦争前はお天道様に申し訳のない、ありがたい、それだけに、いつ揺り返しが来るか判らぬという、怯えが底にあった。両親は、一人前となったのが大正半ば、以後、満州事変はあったものの、文明の恩恵を、都市においては、素直に享受、そして、戦争激化につれ、明治、江戸と退化していく世の中に、身を合わせ得た、父の子供時代は、まだランプのホヤ磨きが苦労のタネだったのだ。

（同前）

田中角栄の失脚はカナダ製原子炉にあり

シナ事変始まって一年目の昭和十三年が、敗戦までの大日本帝国、ＧＮＰ、これには軍需が入っていないが、最高のレベルに達し、戦後十年目の三十年、日本はこれを凌駕した。「もはや戦後ではない」。

この頃、日本ではまともな車がまだ作れず、タクシーはアメリカの中型車、欧州車で、ハイヤー、自家用車は、米国製大型、これは、日本駐在のアメリカシビリアンが、帰国に際し、売り払った車、好きこのんでのことじゃなかったが、ヨーロッパの連中は、ガソリンを撒き散らして走るといわれる大型車に乗る日本人に、「貴国は石油産出国か」と、からかった。戦前に大金持の専用。

ぼくの知る限り、電気製品が、文明の利器として、津々浦々に普及したのは、二十七、八年、ミキサーだった。日本の果物はそのまま食べるのがいちばん、しかし、アメリカ一辺倒も甚だしい頃、当時、収入の良かった農家の、昔ながらのへっついのそばにこれがあり、こんなのまずくさせるだけ、たちまち埃まみれとなった。単に電気製品というなら、敗戦直後、電熱器、電気パン焼き器が登場、これはしばしばヒューズをとばすのでおおっぴらには使えない。

人間が必要とするエネルギー、食いものを別にすれば、身近かなものは電力で、戦後ではなくなった年の暮、裕福な家に電気冷蔵庫が備えられ、大卒初任給八千円の頃、十万円。もっとも中に入れるべき物がなく、よく床の間に鎮座ましましていた。これより安くて手軽な、掃除機、洗濯機も出はじめたが、住いが伴なわない。以上が三種の神器で、中流家庭のシンボル。TVは二十七年、NHK、二十八年、NTVが試験放送開始、二十九年、ゆとりのある家に備えられ始め、ぼくは三十一年、この業界にいたから求めて、割引きで四万五千円。三十三年、電機メーカーのCMタレントとなり、家庭用電気製品すべてが揃った。クーラーが呼称だったエアコンディショナーの重味を壁が支えきれず、畳に置き、身を横たえて冷気を身に受ける、座ると頭が熱い。三十四年四月、皇太子成婚を機に、TV受像器普及、百万台を突破、同年九月、日産ブルーバードが発売され、マイカーブームの前兆。

この頃、やがて高度成長の実質を担う、昭和初年生れが、所帯を持つ。五十五年体制といい、六十年安保が語り継がれる。政治的には西暦で表記のこの二つが、節目だが、世間の暮しは、昭和三十四年が大きな区切り。家中みんな電気で動く時代、その電力は水力から、さらに巨大な出力を得る火力、それも石炭から石油、ナフサの生焚きに変った。エネルギー革命、北海道、東北、北九州の産炭地に翳《かげり》がさし、中小炭坑は潰れた。イギリスは、自国に石油を産出しないから、効率は悪くても石炭に固執、経済成長におくれをとった。そして、いよいよ石炭を手放すとなると、北海油田開発を進め、しばしば大事故を起し、また海洋汚染を伴うにしろ、現在、石油輸出国である、石油は自国でまかなえる。

日本は自国で辛じて頼みとなり得る石炭を、その効率の悪さをもって弊履《へいり》の如く棄て、かつて炭坑戦士とおだてられた鉱夫は、生活保護適用で生きるしかない。石炭から石油への転換と並行して、原子力エネルギー、核分裂の平時利用が進められる。原爆開発の過程で、膨大な余剰熱エネルギーの垂れ流しを知ったイギリスが、この平時利用の先鞭をつけ、コルダーホール型、日本は、これを実験炉として導入。アメリカもこの面での研究は進めていたが、何分《なにぶん》軍事優先、そして、英国からの輸入の背後には、わが国のカニ、鰯の缶詰輸出がからんでいる。

　コルダーホール型の炉は、黒鉛を煉瓦状に形成、組立てただけ、地震に極めて弱い。実験炉以後は、重要な輸出品であると気づいたアメリカが、日本に、燃料である軽濃縮ウランこみで、一手に販売。田中角栄の失脚は、カナダ製原子炉輸入を目論んだためといわれる。

（同前）

日本だけ。原発増設政策の怪！

七十年代まで、石炭に替ってエネルギーの主役となった石油は、ただ燃やすだけにしては、他に利用の途が多い、いわゆる石油化学製品の原料。電気は原子力に委せろと、先進各国こぞって原子炉の技術改進、増設に突っ走った。日本は、核分裂による原爆唯一つの被爆国、原子炉を作らない、爆弾も炉も原理は同じなのだ。

フランスの電力は、七割が原子力によってまかなわれる。日本は三割。フランス人は、いささか眉唾だが、これだけの便利さを享受している以上、その事故による災害も覚悟の上という。日本の原子力発電関係者は、少し前まで「絶対」安全といっていた。現在、「絶対」は使っていない、「安全にもっとも重点」をおいているのだそうだ。

ブッシュジュニア大統領は、あらたに原発を作る旨表明したが、この十年間、しゃにむに原子力発電所を増やして来たのは日本だけ、アメリカも凍結、ヨーロッパ諸国も、撤去の方針、ドイツは二〇三〇年までに全廃。チェルノブイリに怖気《おじけ》をふるったのと、使用済み燃料の再処理技術がきわめて困難なため。

この分野で、研究実験を推進しているのは日本だけ。もともと、発電施設と燃料だけアメリカは売り、使用済み燃料についての配慮はない。この技術はそのまま原爆製造なのだ。いたし方なく日本は、使用済みを英国、フランスへ送り、処理してもらっていた。この工程、きわめて危っかしく、両国は日本の尻ぬぐいを拒否、そこで、再処理工場建設。原子力平時利用については、問題が山積しているが、すでにわが国のエネルギー、電気に限られるが、依存しきっていて、なお十数基の建設が予定されている。

水力発電はこれ以上不可能。火力は、印度洋はるか彼方の中東だのみ、インドネシヤにも石油は産するが、硫黄分が多く環境を汚染する。となると、日本人が電気による文明を保とうとする以上、原子力発電にたよるしかない。

風力は見ため可憐で、いじらしく稼働の印象だが、装置を造るために費やしたエネルギーを、朽ちるまで電力という形ではまかなえない。それにしても、電気は貯めこめないのだから、出力はわずかでも、推進するべきだろう。名だたる火山国、地熱発電は有望に思えるが、地下の熱をとり出す時、砒素などを大気中に放散、将来はともかく、現在、地熱発電施設の周囲は枯れ山となっている。

潮力発電、潮の干満の差を利用する手段は、海を殺す。現在、かえりみられない。もっとも有望なのが、太陽光発電。価格は高くなるが、小型乗用車において実用化されている。この分野で日本が積極的に国家的規模の開発を、推めるならば、「持たざる国」故の強味となる。かつて石油ショックの際、一方でトイレットペーパー買占めもあったが、企業は省エネルギー化で、世界の先端技術を開発した。公害防止については、水俣、川崎、カドミュウムと悲惨な事例相ついだため、特定の事例について監視がきびしい、だが、公害防止と企業利益は確実に相対するから、仏独英に比し遅れている。アジヤの、日本を追い越す勢いにある面々この面では後進国。

脱原子力発電は容易なことではないが、当然到来するメガロポリス大地震によって、日本の破滅はないとして、原子力発電所の事故は、再起不能たらしめる、ソ連崩壊のキッカケはかの事故であり、浜岡、伊方《いかた》原発は断層上に在るといわれ、もっとも危険な六ケ所村再処理工場も危険区域内。

オイルショックの時、都市のネオンは自粛、野球のナイトゲームもひかえた。心がまえとして悪くはないが、電灯の電力など知れたもの、ぼくなど贅沢のきわみに思える、建物のライトアップも、料金にして一夜千円前後という。

希望の持てる太陽光発電にしろ、たとえばゴミ焼却炉の熱による発電で施設をまかない、余りを電力会社に売る、さまざまに工夫したところで、七十年以降建てられたビルは、冷暖房の効果を高めるため、窓を狭くし、暖房にはいいが、もし電力不足で、冷房が使えなくなったら、とても中には入れない、そして冷房こそ電力を消費する。自動販売機は、冷い飲料を提供するため、フルに装置を稼働せしめてるが、これを廃すれば原子炉二基不要となる。

住いは夏をもって旨とすべしと、鴨長明がいっているが、日本の夏の暑さは湿気を伴い、植物、微生物には好適でも、人間には向いていない、ぼくの子供の頃、家を建てるにしろ、借家探しにしろ、目安は、一に陽当り二に風通しだった。四十年前、ふつうの家庭で冷房装置は珍らしく、団扇に扇風機、上半身肌脱ぎ、水に浸した手拭いを肩にかけ、氷白玉に舌鼓をうち、夕凪に鳴る風鈴で涼をとった。

（同前）

快楽をむさぼる「ツケ先送り」社会

あの頃に戻るなど無理難題、出来ぬ相談であろう、人間はいったん手にした便利な道具、エネルギー多消費の文明の利器を、自ら進んで棄てることはない。中東情勢が悪化、印・パ戦争勃発、マラッカ、ロンボク海峡閉鎖といった事態、福島、敦賀原発群のメルトダウンといった事態について、述べるならば、これは杞《き》の国の住人同然にみなされる、大地震また同じ、人為に因る惨状も想像しにくい。これは人間の当然で、いちいち気に病んでいたら、日々まともに過ごせない。ただ無意識のうちにひそむ脅えはあり、だからくりかえし破滅論が取沙汰され、奇怪な宗教の簇生《そうせい》、後を絶たぬ由縁。

今の便利な世の中にまず、身を合わせたのは六十代後半、七十代前半である。この世代は二年、いや一年違うと、戦争との関わりに大きな違いがあるが、戦前を知り、戦火拡大と共に窮乏になり勝った過程、空襲で具体的に知った彼我物量の差。それまでの、「もったいない」とは異質の、「物」に対する憧れ、便利さ即ち文明と信じ、物量信仰が根づいた点で共通する。「質素」「清貧」「分を知る」は、悪しき精神主義、そして、彼等が社会に出て、一人前扱いされる時代、しごく具体的に、「物」についての憧れが、つぎつぎかなえられた。

この世代の特徴の一つに生真面目さもある、共産主義にからめとられて、自死、また廃人となった者も多ければ、逆に、仇を討つ如く、豊かなアメリカに追いつき追い越すことが生きる確かめ、彼等の七十、八十年代、充実していた、その末期にいわゆるバブル、定年退職の頃、これがハジけた。泡ならそれでお終いだが、高度成長最終段階での異常な空《から》景気後始末は、延々尾を引き、その場凌ぎ、ツケ先送りで、トリモチの如く、社会にねばりつき、二十一世紀のわが国を暗澹たらしめている、繁栄犯罪人と指弾されて当然の世代、今や悠々と余生を楽しむ、彼等がことさら力を入れて整備したわけでもない、社会福祉の仕組みがもたらす恩恵を満喫、衰退一途の日本を高みならぬ墓場の見物、大不況に悲鳴上げる若者、環境汚染に苦しむ子供の姿が、なによりの冥途への土産。

この世代に、ぼくも含まれる。誰に、何を直訴するのか、即ち、自らを討つことだ、平均寿命とやらの延びをいいことに、暦年齢七掛けとあるいは称し、高年齢者にも生甲斐を、単なる老後ではなく、生の確かめとぶつくさいい、さらに、老人の知恵を生かすことこそ、この世の歪み是正の捷径《しょうけい》など主張、実に図々しい。六十年近い以前、立場こそ異なれ、また、いっこうピンと来なかったが、本土決戦を覚悟とまでいわずとも、耳にした世代、そして今こそ、その秋《とき》じゃないか。

沖縄は除く。ヤマトの手合い、上の世代は無謀な戦いをあえてし、敗けた。戦後処理を放棄。わが世代は、無謀な繁栄、エネルギー多消費社会を築き、その功のみわがものとし、実を思うままにむさぼり楽しんで、当然の日本没落について、手を拱《こまぬ》くのみならず、せせら笑う。

ぼくは戦後、必ずしも「真相」ではなかったが、戦争の実態を知らされ、関った大人をとことんバカにした。残された焼跡は、よみがえった自然、生きるための食いもの、エネルギー、まず自給、体力さえあれば、なにしろすべての価値ひっくり返って、自力再生、混乱の世こそ、若者にふさわしい。

今のヤング諸氏、破局の実相が顕われていないから、わが世代こそ仇とは思わないでいる、いや、食うや食わずの事態となっても、気づかないだろう。ただ、何とかしてくれる強力な指導者を待望するだけ、これすらないと思える、およそ日本にこの手の独裁者が登場したことはない。

第六章　滅びの予兆はあった

（『御臨終の若者へ　生きろ、生きてみろ』、一九九二年　講談社より）

本土決戦はやるべきだったか

ある時期、むやみに戦記ものを読んだ。歴史学者、旧軍人、作家など、いろんな立場の方の筆によるもので、いわゆる一次資料ではなく、シロウトのぼくが読んでも、我田引水風、自己弁護、また感情に流されている向きがうかがえたが、それでも、すべてに通じるのが、当時の戦争指導者が、いかに戦争を知らなかったかということ。

後からでは何とでも批判できる、当時には当時の事情があったろうし、時の運もある、陸海軍のリーダーたちそれぞれに最善をつくしたのだろうが、根本的なところで、戦争についての認識がまったく欠如している。なにしろ島国で、外国の侵略をほとんど受けたことがなかったし、なにより江戸時代、二百六十年にわたって国内ですら小競合いすら起らず、まさにのんびり過ごして来たのだ。

日清、日露の役において、思いがけぬ勝利を得たのは、やや極端にいうと、先方が勝手にころんでしまったような向きがないでもない。第一次大戦において、戦勝国側に立ったが、とても戦争をしたといえるようなものじゃなかった。


満州事変以来の戦争が、国家の自存自衛のためか、あるいは帝国主義的野望にもとづくことであったかはさておき、戦争をどうやるかというごく初歩的なことについて、おどろくべき無知、ぼくは是非、若い衆に戦記物を読むようおすすめする、そして、当時の、政治家を含め、最高指導者たちと、当節の同じき立場の御連中の体質、あるいは仕組みが何も変っていないことを、少し承知なさるといい、いや指導者だけじゃない世間一般もほとんど変ってはいない。

近頃のことでいえば、ペルシャ湾岸危機に対処するお上の、あのあわてふためきようは、丁度、日独伊三国同盟を結ぶかどうかについて、政府、陸海軍首脳の右往左往ぶりと、まったくよく似ている、いざ開戦となった時の、敵国についての認識不足、あくまで自分勝手な判断ぶりは、いわゆる経済大国となった只今の「平和」日本の、国際的なふるまいとそっくり。

ぼくは、昭和二十年八月十五日をもって、戦争を終えてよかったと思う、でなきゃそもそもこっちは死んでいた。しかし、時に妄想するのだ、日本人が、人間について、しかと認識するためには、本土決戦をやった方がよかったのではないかと。くりかえすけれど、昭和二十年初頭、つまりB29による空襲が本格化して、まったく為すすべもなくヤラレッパナシとなってからの、大日本帝国についてだけでもいい、少し勉強なさいまし。

ぼく自身、空襲体験についていろいろ文字としてきた、これはもう被害者の立場としてであって、たしかにあれはアメリカの、一方的な市民殺戮だったと考えるけれど、では、その市民を守るべく、百年兵を養ってきた軍は何をしていたか、政府はいかなる方策を講じて、たとえば沖縄を守ろうとしたか、原爆投下に至る事態をとどめようとしたか、まったく何もしていない、軍の力が圧倒的に強かったから、いわゆる政治家など存在せず、文官を責める気にはなれないが、しかし、経済面における国力の判定は、専門家がいたのだから進言できたろうに、まるでやっていない。そもそも開戦時、日米だけを比較したってほぼ国力は七十対一だった、昭和十九年秋以降ともなれば、三百対一ほどに、わが方は劣勢となっていたのだ、にもかかわらず、「必勝」の信念とやらにのみすがって、あげく何の意味もなく何百万人かが殺された。まことに勝手ないい分だが、大日本帝国が周辺諸国に及ぼした非道のことは、いちおう棚上げにさせていただく。

昭和二十年八月、最後の御前会議、つまり天皇の臨席のもと、最高指導者たちが評定をする席でも、まだ、続けるか、止めるか意見は半々にわかれていた、アメリカ軍の実力のほどは十二分に思い知らされている、どこらへんに上陸してくるか、いちおう想定して、重点的に防禦を固めてもいた、しかし、その実態は、兵士十人当り旧式の銃一挺、対戦車砲ナシ、ただ壕を掘るだけ、なにしろ兵器を造る工場が全滅しているのだから、いかんともしがたい。

元気の良い連中は、玉砕してしまったり、また中国大陸に取残されて、本土を守るのは中年の初年兵と女子供、これで、まだヤロウという、決してヤケッパチになってるのではない、「水際において痛撃、敵をしてひるませ、講和を有利に」なんて考えていたらしい。

もし本土決戦になっていたら、市民たちの半分はまず殺されたろう、生き残った者は、とにかく山へでも逃げこみ、半分が餓死したであろう、さらに何分の一かは自殺に追いこまれたと思う、つまり、たしか七千万人くらいいた国民の五分の四は死んでいた、こうなると、軍の指導も、政治力もあったものじゃなく、ビルマやフィリピンにおける、敗残兵の死の彷徨と同じ、あるいは満州に取残された市民同様、あげく、日本列島は連合軍に分割されてしまい、生き残った連中まさに乞食みたいなもので、まあ、皆殺しにはされなかったろうが、とんでもない事態が十年以上は続いたはず、そして日本人は、ようやく戦争を通じて人間を認識したに違いない。

たとえ人口が一千万に減っていたって四十年経てば、かなり旧に復したはず、とても只今のような繁栄は無理にしても、昭和三十年代半ば程度には復興したのではないか。

こうした体験の上で、「平和」を口にするなら、国是となすなら判る、しかし、本土決戦はなかった、「平和」をいえるのは、沖縄で米軍の戦車だか火焔放射器の前に身をさらした方たちだけだ、どうして沖縄出身の方が、政府の中枢にいて、意見を述べることができないのか、奇妙に思う、今も昔も、戦争を知らない、人間を御存じない手合いが、昔天皇、今は憲法の袖にかくれて、市民のことなどいっさい考えず、なわ張り争いをやっている。若者諸君、前の戦争について、少し知識をお持ち下さい、されば今が少しは判る、現在の、日本の危っかしさが理解できる。

(同前)

今世紀中に起こり得る東京震災

戦後初代の、東京都民選知事は安井誠一郎氏であった。一望千里焼け野原に町をよみがえらせるため、いろいろ御苦労なさったのだろうが、ぼくの記憶に残るその業績は、例の「君の名は」で有名な数寄屋橋の架かる三十間堀を埋め、多目的高架道路とでもいう構造物をでっち上げたこと。

ぼくはこの道路をまったく利用した憶えがない。旧称土橋、つまり旧称電通通りの、今でいうと銀座八丁目あたりから、京橋のへんまで、川を埋めて、地下一階地上二階の堰堤《えんてい》みたいなのを造って、屋上を、電通通りのバイパスにした。交通量は素人目にも増えつつあった、本来なら、下も道路にして当然、ところがここに商店街を設け、六丁目から先きには、電通ラジオ・テレビ制作局が入った。この商店の入居に関し、いろいろ怪しい噂がとびかっていたが、ケガ人は出なかったと思う。

昭和三十年暮から、芸能界の、文字通り半端仕事で食いつなぎ、当時、有楽町にあった毎日新聞五階のラジオ東京、日活ビル裏の日本放送、そして電通ラジオ・テレビ部へ、毎日、御用聞きよろしく顔を出していた。安井氏の次ぎなる知事は、元東大教授東竜太郎《あずまりょうたろう》氏、彼は学生時代ボート部の選手、スポーツ万能で即ち東京オリンピック御膳立てにふさわしい。前任者のいかにも役人然とした風貌に比し、まあ学者風印象。

この頃、東京はオリンピックをひかえ、土木工事の現場だらけ、副産物として、公娼まがいの制度があっては来日外国人に恥かしいと、いわゆる「赤線」は廃止、公序良俗を保つため、飲み屋は午後十一時に店終い、飯を食うことが主体ならよろしいということで、ぼくたちは三日くらい前の握り飯やスパゲッティを前に、いわばアペリティフの形でウイスキーを飲んだ、あげく、赤線は旧称トルコ風呂に変身、食事も供するスナックが簇生《そうせい》、女性も気軽に入れたから、その話相手として、ゲイボーイが多く雇われた。東さんは、東京の夜の風俗を、オリンピックのためとはいいながら、大変化させた。

つづいて美濃部亮吉氏の登場、ＮＨＫの番組「お茶の間経済学」で知名度を高めていたし、なにより父君はかの「天皇機関説」の達吉先生。まったくこの選挙に関心はなかったが、確か圧勝したはず、そして革新都政が誕生。

保守側は躍起になって、以後の選挙に秦野章氏、石原慎太郎氏などを起用、秦野さんの選挙カーには、どういうつながりか知らないが、川端康成氏が同乗、応援なさった。ぼくは、秦野さんの、いつかは到来するに決っている大地震に備え、用意を整えるべきだとの主張に共鳴したが、なんでも地震は票に結びつかないらしい。

石原さんの場合、党がシャカリキになっていない感じで、一度、時の首相三木武夫氏の応援演説を街頭で聴いたが、あるいはそれが持ち味なのかもしれないけれど、足をひっぱっているとしか思えないほど陰々滅々たる口調。保守の首都奪還は成らなかった。

オリンピックを過ぎ、わが国はさらなる高度経済成長の時代に突入、その頂点が大阪万国博覧会といわれる、そして、博覧会を見事に取仕切ったのが、現知事鈴木俊一氏。美濃部さんは、在任中、ややもすれば婦人たちの人気を斟酌《しんしやく》して、本来の都政をないがしろにし、さらに膨大な財政赤字を残したといわれる。

これに比して、太田薫氏、麻生良方《よしかた》氏を、尻目にかけ栄冠を手中にされた鈴木さんは、在任二期目にして、赤字を解消、のみならずかの新都庁を完成させた。

その知事執務室の宏大さとか、シャワー設備がどうしたとか、ぼくにはどうでもいい。それより今世紀中に、五割の確率で発生する直下型地震にどう対応するか。南関東、東関東に身をひそめる鯰《なまず》の動静については、まこと心もとないながら、少しはオヒゲの動きを、前もって察知し得る。しかし、直下型についてはお手上げ。

さらにいえば、毎年九月一日頃、新聞、週刊誌が地震について特集し、子供騙しの避難訓練風景がTVにうつし出される。これ以外、学者も、都市工学関係者も、警視庁もいっさい口をつぐんでいる、専門誌として「地震ジャーナル」（地震予知総合研究振興会刊）が在るが、まず読んでいる方は少ないだろう。

都連が鈴木氏を推し、自公民が磯村氏に相乗り、それに共産党、あらたにアントニオ猪木氏も出馬表明。いろいろ賑やかであることはけっこうだが、そしてまたバラ色の政策を開陳して下さるに違いない、ぼくは他のことはともかく、地震をどうするつもりなのかうかがいたい。

これは自然現象、いかんともしがたいで済まされちゃ困る、日本列島地震の巣に違いないが、東京という超過密都市を造り上げたのは、われわれなのだ。安井氏の三十間堀埋め立てに始まり、地震などワシャ知らんと都市造りにいそしんで来たのは、人間なのだ。シロウトが、構築物の耐震性についてうんぬんしてもはじまらぬ。少しでも怯えを抱く方は「地震ジャーナル」をお読み下さい。

現在、関東大地震の二倍の強さのものがやって来ても大丈夫なんていう、ビル設計者はいない、ライフラインについてうんぬんする方も少なくなった、大疎開しか手がない、目下、茶飲み話みたいにあつかわれている遷都論の、ある部分には、この直下型地震についての配慮もなされている。

昔々のニューヨーク大停電の際も、少し前のサンフランシスコ地震の時も、あの治安の悪いといわれる町で、大した混乱は起きなかった。この理由はいろいろだが、もし今の東京に、震度六くらいの地震が発生、いたるところ燃えはじめ、数珠つなぎの自動車がつぎつぎガソリンタンクを誘爆させたら、いかなる地獄図が出現するか、横断跨橋が一つ横倒しになったら、進むも戻るもならない。

ぼくは毎年、暮から三ガ日にかけて、お盆の頃、即ち、東京の人口が激減し、車の数が少なくなる時期、起ってくれないかと願っている。都知事に立候補の皆さん、数十万人以上の犠牲者の処理をどうするのか、政見の中に入れて下さい。

(『ニホンを挑発する』、一九九六年、文藝春秋より　※初出「週刊文春」九五年六月二十九日号)

都知事としての三島由紀夫

同じ「シマユキオ」でも、「青」じゃなくて「三」が、先だっての都知事選に立候補していたらいかが相成っていたか。

小説『豊饒の海』を完成させ、自殺なさってから二十五年目、生存してらっしゃれば七十歳。遺作を執筆中、これを書き上げたら、自分にはもう書くべきことがないと述べていたそうだが、小説はともかく、戯曲、軽妙洒脱な社会時評、政治について辛辣な筆をふるったことは確か。

「楯の会」がらみは抜きにしておく。昭和四十年前後の、赫々《かつかく》たる名声を保ち得たかどうか、しかし、『仮面の告白』『潮騒』『金閣寺』また、多くの短篇と戯曲によって、世間一般「ミシマ」を記憶していたろう。なにより海外でもっとも知られている現代作家は、彼なのだ。ノーベル文学賞は、近作を対象としない、川端康成氏の場合、『雪国』『伊豆の踊子』など一連の作品に与えられた。戦後に書かれた『山の音』『千羽鶴』『眠れる美女』は関係がない。

三島さんがノーベル賞を受け、その上で、既成政党の在り方に怒りを感じ、敢然と打って出たら、いかな青島さんも及ばなかったのではないか。その右翼的な考え方といっても、いわゆる街宣車の皆さんとは違って、有権者の反撥をそうは招かない。今の若者を、うわべの豊かさにとりまぎれ、心の拠りどころを失った世代とみなす、俗流に棹《さお》させば、「天皇」の存在こそ民族の支えという訴えだって、共感を呼ぶかもしれず、なにしろ往年の全共闘諸氏とは、相通じるものがあった。今や、初老にさしかかったヘルメット、ゲバ棒のみなさんこそ、社共に愛想をつかし、自民、新生、さては日本新党、さきがけその他をハシゴ、あげく無党派層とやらに納ったのだ。

彼等は決して、鈴木都政の推進して来た、臨海副都心計画、その前夜祭みたいな都市博に、都税の無駄遣い、ゼネコンとの露骨な癒着、はなはだしい時代錯誤、都民無視と怒り、鈴木氏の継承者を拒否したのではない。

時代閉塞の状況なんてしゃれたものとは縁のない、ま、どうでもいいやの気分で、棄権すれば、陰に陽に政党や宗教団体のみえかくれする候補が当選しかねない。実りはしないだろうがひそかなムネスカシ票、ラムネの一票が、つもりつもって青島、横山現象をもたらした。まさか、青島さんが都知事になれば、その主役を演じた「意地悪ばあさん」風に、役人をいちいち閉口させると考えたわけじゃあるまい。

青島さんの庶民性、これまでの身の処し方を思えば、三島さんの場合、けっこう下世話にも通じてらしたが、まずは貴族的印象、偏《かたよ》りも強い。にしても、政治と本来関係のないはずの、ノーベル文学賞の輝きがあれば、「青島だぁ」も色あせる。

青島都知事を貶《おとし》めるつもりは毛頭ない。ただ、既成政党がむやみに気にして、その意向に添うべく、有名人を、次ぎの参議院選挙に立候補させようとする、「無党派層」なるものは、かなりいい加減であると、ぼくは考える。ぼくが国政選挙なるものについて意識したのは、昭和十七年春の、いわゆる翼賛選挙、国民学校六年のぼくに、養父は真面目に、推薦制度の非を説明した。二十一年四月、戦後第一回目の選挙で、握り飯につられ、十五歳だったが、自由党候補者の旗持ちをした。焼跡のミカン箱の上に立ち、ボール紙製のメガフォンで、候補者は「平和」とか「主食の確保」とか、「戦犯の追放」とか怒鳴っていた。子供の耳にも、社、共両党の主張が理にかなっていると判った。昭和四十年代まで、候補者、また党の主張に関心を抱き、この頃、いわゆる泡沫候補が常に名乗りをあげ、大政党の右から左まで、ほぼ同じことを叫んでいるのに較べ、なんだかまともな感じ、少くとも自分の言葉でしゃべっていた。

やがて、金がかかり過ぎるとかで、泡沫は排除され、選挙期間も短縮、それなりに理はあるのだろうが、自、社の区別がつかない、あげく両者連立。もはやソラ、では いえないこの二年間ほどの首相交代、周辺に竹下だ小沢だ武村だが出没して、有権者より先きに、共産党は別、永田町こそ「無党」状態。現在、各党の政治的理念、政策を丹念に吟味、投票する方はまずいらっしゃらない、できない。

「無党派層」はマスコミの造語だろうが、永田町がまずこの素地を培《つちか》った、自ら蒔《ま》いたタネを刈るために、なりふりかまわず有名人を立候補させる。有名人なんだから、それなりに識見、才覚はおありに違いない。金権まみれとか、労組の古手よりはましだろう、だがこの果てには、ひょっとすると麻原彰晃まがいだって登場するかもしれない。

現在、不況とはいわれていても、海外へ物見遊山の方は増えているし、失業率もさしたることはない、物価は安定。治安の悪化とか、青少年の麻薬禍とか、株が下って銀行の含み資産が減った、円高で輸出産業は危殆《きたい》に瀕し、アメリカはなりふりかまわず恫喝、後からはアジヤの四つのドラゴンが追いかけてくる、日本の時代は終ったなんていわれても、いっこうに実感がない。ぼくが鈍感なのだろうが、本当にわが国が沈没しはじめたら、無党派層はどういう政治の選択をするのだろうか。

彼等は政党、あるいは政治家によって、世の中が変るという経験を知らない。円の価値が今後どうなるのか、見当もつかないが、早い話が、三島さんが都知事で、オウム真理教の妄想にもう少し現実味があったら、東京都には戒厳令が布告されていたろう。オウム関係の報道は、まともに受けとめ難いところがある、だが、少しは可能性のありそうな、自動小銃で武装した百人ほどが、霞が関の官庁なり皇居なりに突入、一方で、マスコミを押さえれば、短期間にしろ首都を制圧し得る。

一方、三島さんは、東京に大騒動が起った時、自衛隊の自発的出動を訴え、これを機会に、国軍への昇格を意図していたらしい。これまたどこまで本気だったのか判らないが、少くとも地震に際しての、兵庫県知事ほどもたついていなかったろうし、オウムが、同時多発的に毒ガスを撒布したのなら、これは大パニックになり、納めるのは、自衛隊しかいない。

一件落着の後、都知事が、自衛隊に感謝状をおくるだけじゃすまないし、識者がことあらためて、危機管理の不備を指摘するまでもない。無党派層が、市民の安全な日々を求めて、破防法適用についての強硬意見も出るだろうし、公安関係の予算増大を当然のこととする。宗教法人見直しどころか、大幅にその活動を制限、これに反対する党が、弾圧を受けても、無党派層は意に介さない、フニャフニャムニャムニャ密室でやっていることが気に食わない、ビシッとしてもらいたい。

都市博中止は、実にビシッとしていた。その後、国技館で、貴乃花関に東京都知事賞を渡す際の、青島氏に送られた拍手、声援はただならぬものがあった。青島知事に全面的信頼を寄せるが、無党派層には危っかしさを覚える、どうころぶか判らない、彼等の責任じゃないのだが。

三島さんは、聖戦におくれ、ハルマゲドン妄想に対するには早く亡くなられた。三島さんが自分の軍隊を率い、上九一色村《かみくいしき》を攻撃する「妄想」の二乗を眠れぬ夜、追っている。

第七章

上手に死ぬことを考える

（『我が闘争　こけつまろびつ闇を撃つ』、一九八四年、朝日新聞社より
※初出「週刊朝日」八四年四月二十日号）

満開の桜には恨みがこめられている

今回は妄想をつづることにする。てなことをあらためて前置きすれば、これまでさも、まっとうなる卓説を開陳して来たかの如くだが、そうではなくて、さらにいかがわしい荒唐無稽を申し上げる所存。

ずい分前から私は、満開の桜をみると、異様に不吉な気分がつのることを、奇妙に考えていた。この花にまつらう、あるいはこの時期に関係のある、いやな記憶などない。戦時中、万朶《ばんだ》の桜か襟の色と歌われ、俺とお前は同期の桜と囃《はや》し立《た》てられ、桜即ち軍国主義の象徴とみなすほど、無風流でもない。さらにさかのぼって、嵐山の桜、円山公園の枝垂れ桜など、群れていようが、豪奢な一人立ちだろうが、いや家並みにのぞいたり、山の端に

点ずる何気ない桜を眼にして、子供心にざわつくものがたしかにあった。

近頃、この気持を少し整理してみたが、満開の桜には、恨みがこめられているのではないか。その下に死体が埋まっていると喝破した人がいるし、その散りぎわをいさぎよいとみるか、はかなしと観ずるか、いずれにしろ死に結びつけた歌や、考え方が古来からある。私の妄想では、その死は、非業のこと、怨念を後に残す類いと断定する。

われわれがふつう眼にできる桜は、日本古来のものだ。何千年か前、東北、北海道を除く山野に桜が自生し、特別な意味合いを持たされることもなく、ただ四季のめぐりのもたらす恵みの一つとして、人々を楽しませていた。当時、農耕技術はごく原始的だった、人々は山野を渉猟《しょうりょう》し、漁《すな》獲《ど》りにいそしみ、自然と共に一面荒々しく、また桜の花を愛でる雅《みやび》やかな気質も持っていた。彼等を桜族とする。

桜族の王道楽土へ、半島経由だか、中国沿岸からだか、水稲耕作に長じた一団がやって来た。彼等は米作りの作業を通じて身につけた団体行動に長じ、組織で戦ったから、群雄割拠の桜族はひとたまりもない。

桜族にとって、死は自然のこと、山野に自生する桜の根方《ねかた》に埋めもしたろう、住いの片隅に葬ったかもしれぬ。しかし、米作り一派にとってみりゃ、一粒万倍の生殖こそがイデオロギーなのだ、死は遠去けられなければならない、そして耕地を広げるために、自然を変えて行く、里の桜は容赦なく伐採された、桜と共に桜族は新来の人々の前から姿を消した。

桜と共に代表的な日本の花は、菊ということになっている。しかし、菊は、大和時代に朝鮮経由で中国から伝えられた植物にちがいない。かりに、新来の連中を菊族と呼ぶ。菊族は以後、日本列島を支配する。そして彼等の中にも、桜を愛でいつくしむ者が多く出た。しかし、征服した種族が、征服された民の寵愛したものを賞め上げる、たとえば宮殿の前に植える、桜狩りを催すなんてことは、ゆとりのしるし、気分のいいものだ。そしてまた菊族に混り入った桜族の末裔は、知らん顔して、滅ぼされた先祖の霊を歌に託してなぐさめ、追慕の気持をこめた、故に、あわれなのだ。

今は桜についての妄想だから、菊はさておく。

お花見が世間一般のことになったのは、江戸時代以後だが、ドンチャン騒ぎはのっけからつきものであったらしい。私はこの風景を見物するのが好きで、名所といわれるところへよく出かけるが、この馬鹿ハシャギは、他のお祭、賑やかし、催しごとと根本的に異っている。もちろん主神は無い、秩序も勿体《もったい》づけもない。ひたすら花の下で浮かれ騒ぐ。猥雑野卑そして異様な活気、趣向抜き小細工なし、ただ飲みかつ唄う。これは消えてしまったかに見えた桜族の血脈が、桜の開花と共によみがえり、山野を自由に渉猟していた頃の、花宴をおのずから真似て、打ち興じるのではないか。

また、桜は、世をはかなんだり、権力者が力を失った時の心境をしばしば託される。これは滅びた人々への哀傷の気持が、伝わっていたからだろうし、さらに、露骨に、権力への盲従、誰かのために死ねと、世間に強制の為される時、桜が利用される。ひょっとすると桜族の血を受ける者は、この花をかざされ、見事に散れといわれると、前後の見境いなく、フラフラと死に赴くのかもしれない。「花は桜木人は武士」から「朝日に匂ふ山桜花」まで、桜は常に死と表裏一体をなしている。菊族は桜を拠りどころとする被征服族の気持を上手につかみ、桜の特長である散りぎわを、ことさら美化することで、死を安んじて受け入れさせたといえる。

故に、靖国神社、護国神社には桜が植えられ、死を強制される兵士の徽章は桜であった。何千年か前に征服された桜族の血は、何やかやと混り合いつつ、日本人の中にいきづいていて、桜ときけば先祖帰り、滅びの方向へ突っこんでいく。だから夢、桜の散りぎわなどに見惚れてはいけない、同じ血がさわぐなら、お花見に発散させた方が安全なのだ。権力が、死を強制する場合の道具として使う桜はともかく、この花は、死者によく似合う。近頃、告別式の際、菊の献花が行われたりするが、まったく筋違い。本来、菊は、不老長寿の霊草、まあ、ビニールハウスで手取早く、四季を問わず咲くし、数もそろうから飾るのだろうが、本当は桜がいい。満開の桜花で弔われるためには、春に死ななきゃならず、だから西行さんも「ねがはくは」といったのだろうけど、白い柩《ひつぎ》の背景に、樹齢百年くらいの、咲き誇る桜の木を一本すえてごらん、無常感とか輪廻とかふっとんでしまう。京都で一度だけ観たことがあるけれど、しみじみ心の安らぎを覚えた。

桜族の人々は、きっとこうやって、死者を葬ったのだ。いや、そう花の盛りに息をひきとるとばかりは限らない、あの「お花見」ということは、仮埋葬した死者を、あらためて満開の桜の、その根方とは限らないが、埋め直し、あの世へ送る儀式の、名残りではないだろうか。桜の花を眼にして不吉な、いや、死を不吉ととらえるのはおかしい、要するに只ならぬ気持の起る方は、桜族の血が流れている。私など、まごう方ないこっちの方で、ふだんは意識していないが、この季節になると、滅ぼされた先祖の悲しみが、ふつふつとよみがえり、のみならず逃げまわらなきゃいけないような不安感を覚える。そして、島流しにされた貴人の墓を守る桜、山寺の庭、谷あいの村、川の堤、坂道のてっぺん、それぞれに咲く桜は、なにやら哀れというより、さらに恨みをふくんでいるように思えるのだ。

以上、ほころびそめた庭の桜に、手向けの酒を注ぎつつの妄想。

（『死小説』、一九七九年、中央公論社より）

死について

人間は誰でも、上手に死ぬことができる、これは多分、他の生物と区分する一つの資格ではないだろうか、あの、有名な、人間は道具をつかう、笑う、言葉によって、あやふやながら気持を伝えるという定義と同じようにだ。

ただし、上手に死ぬためには、明確にその意志を持ち、不断の努力を自らに課さなければならぬ、上手に生きる技術なら、とても人間は他の生物ほどの知恵にめぐまれてはいない。

飼いならされた家畜はともかく、野生の動物は、生れるとすぐ自分で歩き、受けるべき保護を自らの力で選択し、決して間違うことはない、こういいきるのは、少し大雑把な感じもするけれど、スロービデオで百足《むかで》の歩く姿をみりゃ、人間誰でも感心してしまう、鮭が生れた川にもどって来れば、神の摂理とかいって、ただもう感嘆するしかない。

彼等に対抗しようと考えれば、生をあきらめ、死に関心を向けることだ。これでさえ、象は死期を悟ると、一族の墓場へおもむくという、しかし、これはぼくの邪推だが、象牙を獲る連中が、自然死の象にぶつかれば、労せずして得られるわけだし、日頃、夢みてしかしいっこうぶつからない、故に生れた妄想、そして象の墓場を探し当てれば、たちまち巨万の富を手中にできるから、願望として想定したものではないか。

犬や猫なども、自らの亡骸を、なるべく人眼につかぬ場所に葬ろうとして、死の直前、縁の下や植込みの中に入りこむことがある、だがこれは、もはや余力のない体を、敵から隠すための、むしろ生きる知恵ではないか。

彼等は、殺しにかかる相手に対して、怯える、予知するけれど、自然死について、怖れることはない、そもそも死の概念など、持っていないのだと、これもかなり大胆、かつ失礼をかえりみず断定しておこう。

ひきかえて、人間は年中死を意識している、そして、意識しながら、上手に死ぬことはいっさい考えず、ただもう不老長寿をのみねがい、健康こそが人間の幸せと信じこんだふりをする、あまりに意識し過ぎる怯えが強すぎて、具体的に考えない。

しかし、健康雑誌という、お節介かついかがわしいものを定期購読しようと、人間ドックとかいう気やすめにたよろうと、当り前の話だが人間は、必ず死ぬ。

であるからして、考慮すべきはその上手下手であろう。しかもこれは他に較べるもののない、隔絶した一人っきりのことだ、心中であろうと、また殉死者がかりにいたとしても、それぞれの死であって、互いに何のつながりもありはしない。

かつての人間は、つまり農村が生活の基盤だった頃は、まだしも死を真面目に考えていたと思う、都市という異常な空間が、人間の営みの中心となり、そこでの考え方が支配的になるにつれて、死はないがしろにされはじめ、いや、死に直面する勇気を失ったといった方がいい。

勇気は常に知識によって支えられ、知恵がそれを正しい方向に導いていく。てっとり早くいえば、健康に関する情報を捨て、死にまつわるものを大事にする、貪欲に漁ることが、結局、当節のお題目、人間性とやらをとりもどす捷径なのだ。

なにもむつかしいことではない、誰だって年に一度、よほどつきあいの少い者、また、あっても不幸にして一族郎党先輩友人知己後輩、みな健康である場合ですら、五年に一度は病院へ見舞いにいくだろう。もし、大学病院、あるいは癌、心臓などの専門病院であったなら、こんないい機会はない。そそくさと、おざなりに花や果物など届けてかえってくることは、道義に反する、いや病人に対してではなく、あなた自身の不真面目さが責められて当然。

癌病院の待合室に三十分すわって、周囲で順番を待つ人たちの表情を観察すれば、誰だって癌性容貌とはいかなるものであるか、およその見当がつく。飢えた子供は表情を失うが、この患者も、まったく顔が硬《こわ》ばってしまう、寄る年波の刻んだ文化財的それとはことなったしわと、水虫によってむけた足の皮の如く黄灰色の肌、髪の毛は、油っ気というより、水気を失ってささくれている。一歩一歩確かめるようにすすみ、介添人は、心痛にうちひしがれるのではなく、むしろ恥かしそうな印象、そして患者がうなだれていることは少い、黄色く濁った白眼灰色の瞳を、一点に固定して、この世の名残り見定めようとするのか。

おしなべて四、五人に一人は、いやおうなくこの姿になる計算。あなたにして、さらに真摯な気持があれば、付添婦に、患者の末期のあれこれたずねてみるといい、付添婦たちは、実によく死を知っている、ぼくが雑誌の編集長ならば、是非彼女たちによる、臨終座談会を開きたいと思う。

医者は、死にいたるまでの経過を、臨床的にながめているだけだし、身内は何といってもいちいち取乱し、その日暮しの感じで、死にいたる変化を覚えていない。葬儀屋坊主もとより論外、たとえはわるいけれど、死を娼婦に、患者を客とするならば、付添婦は遣り手婆さんといっていいだろう。

患者がこの先きどう変化し、いつ頃、死ぬか、いかなる名医より的確にいい当てるから、遺族はその判断に従った方が、うろたえずに済む。付添婦には、水商売上りの者が多い、数にすりゃ大したことはなくても、率からいうと他の、同じ年頃で働く女性の職種、公園の清掃係、保険の外務員、みどりの小母さん、賄婦にくらべてずっと高いのだ。そして、どういうわけか、むやみに煙草が好きである、ふだんはエプロン姿、髪形も無雑作だが、そのお話うけたまわりたいと、あらためておねがいすれば、昭和二十年代の良家の老婦人みたいな姿であらわれる、けっこう洋服が似合う、いや、和服になれている人特有の、少しちぐはぐな感じが、ちょっと粋っぽい、バーゲンで買ったというシームレスのストッキングをはき、ハンドバッグは患者の家族からのプレゼント。

その話だと、癌も末期になればあちこちに転移して、患者の年齢にもよるが、肝臓を侵されると、急速に悪化するらしい、そのしるしは、黄疸でも判るが、とにかく全身がかゆくなること、ちょっとした刺戟《しげき》、音でも光でも、もちろん羽二重のきぬずれであっても、掻痒《そうよう》感をひき起す。しかもこれは、表面ではなく、肌のうらにへばりつく感じで、これをいかにかきむしっても隔皮掻痒、もどかしいばかり。

こうなれば、七転八倒する体力すでになく、横たわったまま、せいぜい痩せほそった指で、顔や胸や腹に指を這わせ、眼をむき、歯嚙みし、知らない者がこの有様を眼にすれば、もがき苦しんでつまり断末魔の態とみなすが、呼吸が苦しいのでも、痛いのでもない。さらにすすむと、脳味噌や胃壁腸壁にかゆみが生じ、刃物など手近かにおけば、割腹しかねない、孫の手を口の中に突っこんで、食道をかきむしろうとした例があるらしいし、釘を耳に突っこんだ者もいるという。

手おくれの癌について、近頃、情報は豊富である、開腹して、すでに転移が各所に及んでいれば、そのまま閉じる。あるいはとりあえず苦痛を与えている部分だけ摘出する、この場合、楽になるから、患者は治ったつもりで、しかし、保《も》つのはせいぜい三月、いずれにしても治療の方法がないのだから、退院させ、いよいよとなって再入院、死ぬために入るわけだが、個人病院など、体裁悪がって、受付けない場合も時にある。

ここまでは判っているが、以後について、ほとんど知らされない、あの剛毅な男が、身も世もない態で、安楽死を願ったとか、なれた医者も眼をそむけるとか、空怖ろしい話が時たま伝わってくるけれど、具体性に乏しいのだ。そりゃまあ、わが身にふりかかってくる確率の、かなり高い苦痛について、くわしく知らされるのは、かなわない、しかも、これを避ける方策はないのだから、無知のままがいいのかもしれぬ。

しかし、この厄介な代物は、遺伝的体質にもよるが、それよりもずっと、煙草や酒や、あるいは塩気の多い食生活、大気の汚染によってもたらされる、つまりあなたの生の営みの必然的結果なのだ。ぼくはべつに、教訓的な見地から、死をよく認識しろなどと、おこがましい考えをいだくのではない、上手に死ぬためには、傾向を知り対策を講じて当然。

癌の末期の患者に向って、「どこが痛みますか」「意識を失うことがありますか」「食欲はいかがですか」と、たずねる医者はいない、また未熟児とちがって、全身に転移した患者を、何週間もたせたと威張る医者もいない、これがまあせめてもの救いなのだが、苦痛を訴えてりゃ、麻薬を射ち、この場合だけは、先き行き中毒になるという心配はないから、かなり大盤振舞いしてもらえる。もっとも、財産分与のことで、どうしても生かしておく必要がある場合、患者はひたすら苦しみつづけなければならぬ、麻薬はやはり、寿命をちぢめるからだ。

医者のすることはこれくらいで、家族もまた患者の苦痛を、四六時中はみつづけていられない、結局、付添婦がウワ言にしろ、容貌の変化、排泄物、吐瀉物、さては患者を力づけるためにかした手の感触、克明に観察し綜合的な判断に基いて、その死期をはかる。かゆみを覚えるのは、老人に多いらしい、五十代だと、これが熱感覚というか、腸を灼《や》かれ、胃を火であぶられる如き苦しみ、四十代は、痛覚、これはまあ判らないでもない、かゆみは痛覚に対する弱い刺戟に他ならない、病巣が神経を圧迫しても、老齢であれば痛みにまでいたらぬと考えられよう。熱いというのは、まず灼熱の棒をのんだ感じ、首すじをのばし、背筋をのばし、そうすることで、棒に内臓を触れさせずにすませるかの如く、つづいて棒は熱塊となって四散し、体は海老のように曲げられる、患者はしきりに熱いというが、手は冷えきっていて、ただし脂汗は流れでる、紙が火に焦げるように、胃袋がはしからじわじわと燃え、つれてちぢむのが、はっきり判って、腸はまた内容物のふつふつと煮えたぎり、喉もやきついて氷をふくんでも、溶けた水を飲みこむ実感がない。

この場合、患者ははね起き、自ら生命を絶とうとするのか、ベッドをころげ落ちて、頭を床に打ちつける、水で冷やせるものではないと患者にも判断できるから、これを求めることはなく、息を吸えば、すなわち熱風が身内のふいごの火をかき立て、吐けば、つれて轟々《ごうごう》と焔《ほのお》が立ちのぼる、だから眼をすえたままひっそり呼吸し、はためには小康を得たようにみえるけれど、三分とはつづかず、またはね上るという。

内臓のかゆみ、灼熱感というものは、付添婦にも見当がつかず、それだけまた自由に、患者の苦悶の有様をもとにして、想像ができるという、だからぼくに、説明したのだが、痛みは、彼女たちにも覚えがある、すると、いくらなれていても、患者の苦痛がそのままのりうつってしまい、つまりとても見てはいられなくなる。

四十代といえば肉体的に余力を残す、正常、奇型いずれの細胞も活力に満ちていて、勝負は早い。しかも死に抗《あらが》う生の営みが、苦痛をさらに甚だしくする、痩せおとろえた体の、どこから出るかと思うほど、レスリングのブリッジ風に、寝たまま体をのけぞらせ、歯噛みをくりかえしたあげく、歯が欠ける、眼玉がとび出し、バセドー氏病風になる。厚いマットレスのカバーに爪を立ててむしり破る、声は赤ん坊の泣くように意味のない、聞きとれないだけで患者は、何か伝えたいのかもしれぬが、外へ発するというよりは内にこもった声を発しつづける、夜中など廊下を歩いていて、この声を耳にすれば、なれていても、人間のものとは思えず、立ちすくむという。

たとえば、どんなに高価な、だからまたいい酒を飲んだところで、逆に悪い酒で酔ったにしろ、迎える二日酔いの内容にそれほどの差はないのと同じく、死の直前の苦しみは、患者のそれまでの生の営みと、ほとんど関係はないらしい。高徳を積んだといわれている名僧、あるいは人類の幸福に貢献した賢者、もっともこんな風ないいかたは、それ自体いかがわしい感じだけれど、ごくささやかに暮してきた人も、傍若無人な生きかたをした者も、癌の症状に差はない。

宗教にすがろうが、あるいはそれぞれ立派に成人した子供に看取られようが、患者の苦しみを軽減するための、特効薬にはなり得ぬ。

そして付添婦たちは口々にいっていた、どうして世間の人は、いつかは死ぬにもかかわらず、末期のことを考えないのかと。そのもっとも怖ろしい死にかたは、破傷風で、ふさわしい治療の手段を得られなければ、全身が硬直し、つまり呼吸ができなくなる、濡れた皮を胸に巻きつけ、乾くにつれて皮はちぢみ硬くなる、じわじわと息がつけなくなり、死にいたらしめる、インデアンのリンチと同じ、しかも意識は最後までしっかりしているから、悲惨この上ない状態というが、これほどでなくても、たいていの死は、苦しみを伴うのだ、生命保険をかけ、遺言を毎年あたらしくして、災いの種を残さぬよう心くばりする人も、自分に襲いかかる苦痛については、配慮しない。

誰でも死ねる、死にそこなって何百歳も生きつづけた人はいない、だからせいぜいが一週間の辛抱、人間はそれほど苦痛に対してタフではないから、はためにはともかく、当人はしかるべく意識を失ってしまうから大丈夫と楽観しているのだろうか。

小説とか、詩の分野で、病苦をテーマにしたものはある、特にわが国の私小説において、病気、貧困、家庭の不和は重要な創作の泉であった。また、作家の、死にいたるまでの日記も残されている、だが、癌の末期、あるいは心筋梗塞の発作、胃穿孔の症状、また、脳溢血で倒れた場合の、具体的な説明は見当らぬ、すくなくとも、ぼくも付添婦も読んだ覚えがない。

彼女たちの一人は、冗談まじりに、ポルノとかなんとかいって、生む方の手続きについては御執心だけれど、いささか片手落ちではないかという、映画においてもそうだ、癌性容貌を呈した患者、数十人を画面に登場させれば、それなりの迫力はあるはずだし、一人の患者の死にいたる一週間を、ドキュメンタルにフィルムにおさめれば、まさに暴力的な衝撃を与えるにちがいない。

死を、観念的に情緒的に扱うのもいいが、またごく即物的な描写もあって当然であろう、首になわをかけられ、橋から吊された男の、絶命までによみがえった過去の記憶やら、腹を刺された少年が、舗道に倒れて夢を追い求める小説を読んだ覚えがあるけれど、苦痛については、ほとんど触れられていない、これはなんたることだ。

吊された場合、頸骨が折れるから、一瞬にして知覚を失い、つまり苦しくない、故に、わが国において、人道的見地から絞首刑が採用されているわけだ、しかし、腹を刺される、あるいは弾で射抜かれれば、いずれの場合も、腸をずたずたに裂かれてしまうわけで、これは、のんびりと舗道に血を流してあらましき夢を追うどころではないらしい。

外科医に教えられたことだが、直接の死因は、出血多量によるけれど、血が少くなってくれば、流出の速度もおそくなる、つまりかなり生きつづけて、この間の苦しみたるや筆舌につくしがたいという、戦場で腹を撃たれたら、余力のあるうち、銃口を口に突っこんで引金をひくのがいちばんらしい。

ぼくは死に瀕した男、あえて男と断るのは、べつに差別的意識からではなくて、付添婦たちの、あるいはこれも自己欺瞞かもしれないのだが、話によると、破傷風、異常分娩による死をのぞいて、女は癌であっても、男より苦しまないという。

女が、苦痛に対して鈍感というか、我慢強いといえばいいか、男より耐える能力に恵まれていることはよく聞くけれど、死についてまでも、恵まれているらしい。このことから、男女それぞれの精神的営みのちがいに言及してみたい気持が起る。

つまり、死の苦痛は、想像力に関わりがある、かゆいも熱いも痛いも、男が、誰にとっても未知である死に怯え、妄想をたくましくすればこそ生じる、女の想像力は、死におもむくことがないと、考えたくなるのだが、こんなことをいくら考えたってはじまらぬ。要するに、女は苦しまない、そしてぼくは男なのだ、女の性感についてさっぱり判らないのと同じく、臨終の女の、状態など見当もつかぬ、そもそも女というものは、二日酔いもあまりしないように思える。

要するに、男の死にいたる様相を、肉体的に写すことは、必要なことではないか。癌、高血圧、心臓及び循環器系統の病気について、まあどれほどの注意がなされていることか、その予防と、治療について、くりかえしくりかえし同じお題目が誌面紙上にのべられる、なおざりにすれば死ぬと、おどかされて、しかし、死とは何か、まさか浪子さんじゃあるまいし、千年も万年も生きつづけたいとは誰も考えやしない、死にまつわる苦痛がいやなので、千人が千人、睡るが如き大往生をとげたい、それなら、明日のことでもいいという。

脳軟化症あたりで、恍惚たる余生を過ごし、自分でさえいつあの世へ行ったか判らぬ死をとげたいとねがうのだろうが、どっこいこれがそうでもない。

寝たきり老人の、周囲に及ぼす影響はともかく、恍惚と一言でいっても、さまざまらしい、これも付添婦の話だが、たしかに昔にもどる、はたで見ていても、多分、いちばん楽しかった時代に魂を遊ばせていることがある、小学校で優等の免状をもらった時、仕事が成功した日の、高揚した気分が、そのままよみがえるらしいが、いいことばかりではない、何かに怯えて泣き出し、溺れ死にかけた時の恐怖感や、子供にそむかれた際の孤独な心境にも、ひきずりこまれるらしい。

これは心理的なことだが、記憶は生々しい痛覚を伴い、息苦しさを再現させ、癌の苦痛とは比較にならないまでも、けっこう肉体的にも苛まれているのだ。

そして、こういった幸運なケースは、まず稀である、よくいわれる腹上死など論外なことで、大体あれは行為が終って一時間くらい経った頃、襲来する、女のよがり声に合わせて死ぬのではない。脳溢血の場合、体験者、つまり蘇生した人の話では、後頭部に生暖かい感触が広がり、つれて視野がせばまる、地面がもり上ってくる感じで、気がつくと倒れていた、出血の位置にもよるのだろうが、この人の場合は冬で、公衆便所から出たところを襲われ、はばかりの中では、なかなか人に発見してもらえない、ここならまだましと考え、自然に体を起そうとして、ままならぬことに気づき、これは酔いのせいではない、一大事なのだと、自らにいいきかせるだけの、判断が動き、ほんの一点だが視覚も生きていたという。

発作の後、赤い顔をしいびきをかきつづけ、二、三日後に死んでしまうケースは、大往生のうちに数えられる。たしかにこれは、上手な死にかただ、突発的に来るから、遺された者は戸惑うだろうけれど、そんなことはかまっていられぬ、余計な想像力を捨てることこそ、上手な死にかたの基本であり、血圧が高くて、保険の加入を拒否されても、どうってことはない、なまじながらえて心筋梗塞にでもなれば、これは癌とちがって勝負が早いけれど、破傷風とならぶ苦痛を味わわなければならぬ。

いかに意志の弱い人間でも、この発作に見舞われれば、必ず煙草をやめ、酒をつつしむ、苦痛の一端をよみがえらせただけで、全身総毛立ち、節制につとめるほどだ。

そして上手な死にかたとして、自殺はすすめられない。青酸加里は一瞬で片がつくというけれど、ぼくの知人で、戦時中、メッキ工場へ動員され、あやまってごく微量のこれを口に入れてしまった、彼は手当てをうけて、生命をとりとめたが、舌にふれたとたん、頭をぶんなぐられた如く感じ、全身の血液が煮えたぎり、しかも意識ははっきりしていたという。都市ガスも、死体を検分すれば、決して睡るが如くとはいえぬ、吐瀉物はあるし、かなり苦悶のあげくと判る姿なのだ、水死は、まあ風呂の中に頭をつけて試してみれば判る、長く泳いでいるうちには、体温をうばわれ、凍死と同じく幻覚が起って、甘美な死にかたができるようにいわれているけれど、暗い海や、冬山に一人で漂い、さまよいつづける意志があれば、さらにいい方策を発見できるはず。

首吊りは、頸骨を折るほどの衝撃を求められなくても、頸動脈を圧迫し、脳への血液補給をさえぎればいいのだから、ドアのノブにロープひっかけてもできる、墜落は、頭からとびこむだけの気力があれば、立ったままでんぐりがえしをうって、頸の骨、頭蓋骨を損傷し得る、鉄道はさらに楽だし、死ぬ気になれば、自分の頭を柱からとび出てる釘にぶつけても、果し得る。

しかし、どうも自殺者の気持は、ぼくには判らない、他の遊星の生きものを見るような感じで、ぴんと来ないのだ。死の苦痛にどう対抗し、上手にことをおさめるかを考える上で、参考になりにくい。ま、死にたい人は死んでくれという他ないだろう。

あなたが癌になって、しかし、末期の何日間、射ちつづけるだけのヘロインのアンプルをすでに持っているならいい、また、法律をおかしてでも、とてもあなたの苦痛をみるにしのびない、ここは一つと、ハンマーで頭をくだいてくれる友人があるならけっこう、脳溢血でひっくりかえったあなたを、リハビリテーションの苦痛を味わわさないよう、寒風の中に放置し、肺炎を起させてくれる妻、あるいは、念を入れて、もう一度頭を床に打ちつけてくれる子供がいればよろしい、しかし、こういった救いは、なかなか得られないものなのだ。

とすれば、多分、想像力によって、人間の男だけが死に怯え、いや、死にまつわる苦痛を怖れるのだから、同じき能力を駆使し、のんびり死ぬよう心がけることは、健康法よりはるかに大事ではないだろうか。そしてそのためには、肉体的苦痛を、まず扱わなければならない、キングズレイ・エイミスではないが、「これはどんな場合にも、当然の順序としてここから取組まなくてはいけないものだし、これを解消することは、もう一つの」死についての、観念的恐怖感を、目にみえて軽くすることにもなるからだ。

第八章　安楽死は最高の老人福祉である

（「新潮45」、二〇一〇年十月号、新潮社より）

老人たちに、明日はない

今日あるべく明日もある。

この考え方は若者の特徴だろう。死に近い老人たちでも、明日があると信じて日々を過す。

今の若者は、たとえ肉親でも死顔を見ない。人が死んでいく姿を知らない。死が遠ざかってまた、生も遠ざかった。

楽観という主義でもなく、不死の幻想でもない。死を考えていないのだ。

だが、人間は必ず死と折り合いをつけなければならない。

今の若い人、たとえば君が、死をどんな風に考えているのか、皆目判らない。いや、ではお前はと、逆に訊かれたら、ぼくも返答に窮する、死を「考える」「とらえる」「みつめる」「引き寄せる」など、古今東西の賢人、お節介がしたりげに口にはしていても、太陽と同じ、直視する、じかに関わることは誰にもできない。またぼくは、生の不連続性、死の連続性とか、死とエロチシズムなんて、ややこしいことをいうのでもない、ただ、君たちの世代は、あまりにも死を意識することが少いのではないかと思い、気になるのだ。もっと具体的にいえば、現在の若者は、死者の顔を眼にする、肉親の死に逢うことが、滅多にない。

これは人類史上きわめて特異なことで、ぼくの世代は、二十歳前後までに、少くとも一人や二人の死者を身近かにし、しばしばその死水をとりさえした。戦争による死者、これは何も戦地とは限らない、内地における、日常の風景の中でのあのおびただしい犠牲者を別にしたって、老人乳幼児があっさりみまかり、屈強の青年薄幸の美人が黄泉《よみ》へ旅立っていった。小学校では、よく忌引きの子供がいたし、町を歩けば年中、葬式に出くわしたのだ。

今だって、時々刻々人は死につつあるが、乳幼児の死亡率が低下し、青年期の肺病はほぼ消滅。いわゆる成人病の場合、多くが入院先きで息を引き取り、生から死への転機を、家族は心臓モニターでたしかめるだけ。死の実感が伝わりにくい。

人間の臨終、断末魔の姿を、じっくり観察したからって、どれほどのこともなかろう。年端もいかぬ者の、はかない死や、親友の夭折に、諸行無常の気持をいだいたとして、その後の人生が大きく変わるものでもない。両親、きょうだいの死になど、若いうち逢わないですませりゃ、これに越したことはない。にしても、ぼくの世代は、死の形、まつわる儀式を心得ていた、次ぎの連中は、かなり遠ざけられていたものの、ぼくたちが言葉で伝えた、時代そのものに、死の残像が残っていた。

君たちの時代となって、死は、まったくうすまってしまったのだ。二つの軍事大国がいがみ合っている、いつ、その気紛れ、事故によって突拍子もない殺され方をするかもしれぬ、死は常に頭上に在ると、いいたいだろうが、人間そんな恐怖について、たまさかにだって実感を持ちにくい、持てたら、かなり風変りな人だ。あるいは事故をいうかもしれず、生活環境による緩慢な死を指摘するにしろ、やはり空ごとであろう。生きている以上、ぼくだって、死についての想像力などタカがしれている。くよくよ考えるのはせいぜい一週間、あとは時に思い出すだけ。死を身近かにしなければ、人格上の欠陥を生ずる、生き方の上で歪みをもたらすなどとはいわない。君たちも生れてきた以上、常に、無意識の内に、死を考えてはいるにちがいない。

ただ、具体的な死が君の周辺に少く、あっても多くは事故とか、奇病の類いで、運が悪かったで片付けられてしまう時代、さらに生の盛り、意気さかんな年頃だからこそ、あえていうのだが、時に、死を考えたまえ。いや、自殺のことじゃもちろんない、また、宗教がらみをいうのでもない。「死んだ気になって」とか、「どうせ一度っきりの人生」の開き直りをすすめるのでもない、こんなのはほんの一瞬の悪酔いみたいなこと。

死を知ることはできない。故に矛盾そのものだが、死の地点から生を、時々見直してみる。少し語弊があるかもしれないが、死をもてあそんでみるといいように思う。死こそは、個人に所属する。自分だけの死なのだ。国家とか企業とか、個人を常に管理しようとかかる手合いは、どうも、このもっとも個人的なことを、遠ざけておくことで、人間の生を、思うままにあやつろうとしているようにもみえる、一方で大量死は用意しておきながら。

人間誰だって、死の瞬間まで、自分は死なないと信じている。かなりタフな、かつ調子のいい存在なのだ。だから死を少々軽々しく手近かにひきつけたところで、逆にとりこまれ、ミイラ取りがミイラになってしまう惧《おそ》れはない。生の確かめとまでいわずとも、人生の選択に際して、死をふと脳裡に浮かべることは、有益なはずだ。死人の顔などと、気持悪い例を出したが、人間の表現活動の所産は、すべて死を内包している、性の営みも亦同様、君がその気になりさえすれば、死の手ざわりは、今の時代にも確かめられる。死を思う故に生在りなど、陳腐なことだが、古今東西を通じ、現在の君たちほど、死をかえりみずに生きている存在はないように思える、死についての想像力など持たぬ方が、気楽かもしれぬ。犬や猫や、野鳥や、ゴキブリなどみていればつくづく思うが、君は、飼われているのでも、寄生しているのでもないのだろう。自立とは、死を、自分のものにすることだ。

（同前）

死を、個人に取り戻させよ

ぼく自身が、そろそろの年齢に近づきつつあって、ことさら意識するのかもしれないが、ボケと、差別的に呼ばれる老人の状態は、きわめて悲惨である。その実態をかいま見て、ショックを受けたわけじゃなく、ぼくの父親が最後はこの状態だったし、以後、老人専門の医療施設を、傍観者として時に見学した。

よくいわれることだが、このての施設は、現代の姥捨て山であり、住いに、一人寝かせておくゆとりがない、看護の手がないとかの理由で、老人が送りこまれてくる、世話をする人たちの、獅子奮迅ぶりをみていると、これはもう感動するだけだが、老人の立場で考えてみれば、かなり疑問を覚えるのだ。

ぼくは今のところ、肉体的にはボケていない。精神面については自信がないものの、ふつうに生活はしているつもりだ。だから、ボケ老人の気持など判らず、こっちの考えを強制的に押しつけていることになるが、ボケのボケたる由縁、これにもいろいろ程度があるけれど、さまざまに露わとなしつつ、ただ食べて、排泄するだけの存在を、永らえさせておくだけが、人の道なのか。

当人にほとんど識別が不可能であっても、これは、やはり肉親が面倒をみる、そして手に余ったら殺す。深沢七郎氏の『極楽まくらおとし図』は、少しむつかしいだろうけど、今は、いろんな麻薬がある。なにも、若者たちが法をくぐっての、一時の陶酔に供するだけが能じゃない。姥捨て伝説は、大体、息子が母親を背負って、山に登ることになっているが、これはやはり男が手がけるべきだ、女より思いきりがいいというより、その時期を冷静に判断できると思う。

現在でも、一種の安楽死は実行されている、終末期の患者の苦しみをやわらげるため、延命の点ではマイナスの、麻薬が射たれるし、いたずらな生命維持の仕掛けも、ほどよいところで取外される。ボケは病気とはいえない、しかるべき看護、それはもっぱら、食事、下の始末、監視だが、きちんとすれば生き永らえる。この老人に、べつだん苦しみを除去するためでなく、当人が進んで求めるのでもない麻薬をほどこし、死期を早めるのは、殺人にちがいない。

盛りの頃がどうであれ、年老いて、醜悪無惨な姿をさらす老人に対し、非情の慈悲というのでも、また、急速に老齢化の進む我が国において、ボケが増えたら、面倒見きれなくなるという理由でもない、老人に関する予算が、国の収支をおかしくするようになれば、まっ先に、切り捨てられるはずで、この心配は無用である。

老人の知恵を生かすといったって、ボケの場合無理だろう、「お年寄りを大事に」など、そらぞらしいことをいっても、現実はまるで違う。大事にするというなら、病院へ放りこまず、自宅で面倒をみる、そして、手に余ったら、子供の手で殺す。殺すといういいかたに抵抗はあるだろうが、しかるべく医師によって調製された薬を、ほどこす分には、老人にことさらな苦しみもないし、きわめて効果は緩慢、一種の衰弱死をとげる。

奇型の子供、あるいは成長したところで、幸せになれない、このいいかたはきわめて曖昧だけれども、母親がかく判断した時、子供を殺す。親がボケてしまい、このままでは一家共倒れと思えたら、子供がしかるべく殺す。即ち、病院にまかせない、自分の判断で行い、このことについて他人はいらざる差し出口をしない。

かくする時は、生命を軽視する風潮を生じ、強者のみが世にはびこる時代となるとの叱責があろう。この説に対して、ぼくは反論することができない。しかし、ぼくたちの時代が、科学技術の進歩のおかげで、以前なら、死ぬのが当然だった奇型を、一方で続々と産み出し、かつ生き永らえさせている。ボケ老人についても同じ。昔なら、老人にはそれなりの役割が与えられ、ボケずに済んだだろうし、ボケと死はほぼ一致していたように思う。少くとも、ぼくの子供の頃、このての老人はいなかった。

ベトナムの二重体児は、その医療スタッフの努力は認めるけれど、結果的には見世物になっている。米軍の残虐な作戦をしめす、現の証拠であり、かつ、ダイオキシンのもたらす影響について、ほんの一瞬だが、日本のTVの視聴者を考えせしめた。それにしろ、ベトちゃんや、ハイハーイという靖国神社例祭の、因果ものと、大差ない。この二重体児を産んだ時、産婦も産婆も失神した、そのまま放置すれば、彼等は死んだ。それが、とりあえずの自然ではないのか、枯葉作戦が、非道きわまりないことはよく判る、ベトちゃんドクちゃんは、その犠牲者として、死産でよかった、他の、いくらもいるはずの、棄てられて世を去った二重体児と同じように。

幼い頃、町内の日常の中に死が存在した。まず乳幼児が文字通り朝の紅顔夕べの白骨、若者は結核でみまかり、法定伝染病の患者は夕暮刻、担架で搬送されたまま戻らず、さらに畏くも大元帥陛下のお召しに応じ、大陸、南溟《なんめい》の果てで、水漬《みづ》く屍《かばね》、草むす骸《むくろ》と化す英霊がましました。さらに身近かに、母親が、産後の肥立ちとやらが悪くて死に、祖父母が風邪をこじらせ、胃弱の父は突如吐血し、兄は傷んだバナナを食べて、また妹はジフテリヤの血清が間に合わず、鼻毛を抜く癖の叔父は丹毒で、死んだ。たいていは病院じゃなく家の畳の上で、家族親族縁者に看取られつつ息を引き取った。ぼくの場合も、「急性腸炎」とやらの病名で、妹を亡くしたが、その臨終には立ち会っていない。朝起きると、昨夜たしかに元気がなく、食欲を失っていたが、特に死の予兆など気配もなかった赤ん坊が、遺体として北枕に寝かせられ、表情、顔色に何の変化もうかがえない。夕方になると、皮膚の色が、光線の加減もあったのだろうが土気色にみえ、死後たしか三十二時間目の出棺の際、かすかな屍臭、それと知って嗅ぎ分けたわけじゃないが、確かめられた。

当時は、町住いの者も、一種の大家族制で、いよいよとなると、祖母の妹の息子の嫁の生家一同までが、末期の枕頭にはべり、黄泉の国への旅立ちを送った。たいていの子供は小学生の内に、否応なく死顔と対面、いや、生から死への移行を眼でたしかめた。「やっぱり駄目でした」「いけませんでした」「あっけないもんやね」「まあ、年に不足はないさかい」といった大人の会話が、散髪の順を待つうち耳に入り、「子供さん三人いてはる、まあ、気の毒になあ」と袖で目頭を押さえる老婆、「一人で死ぬのいややて、いまわの際に涙流さはったんやて」と、見ていたように吹聴する金棒引き。まったく死は日常のことであった。

具体的な死を知らず、しかし、自分たち、あるいは自分たちの子供は、いわゆる自然死ではなく、放射能だか、飢饉だか、大気汚染だかによって殺されると、強迫観念だけはある、意識するとせざるにかかわらず、気持の底にわだかまっている。されば彼等が、自らの生も含めて、他人のそれを軽んじても当然。すべての生あるものとの、つき合い方が歪んで当り前、生命の尊重などといったって、生命そのものが判っていないのだ。

何も死顔をみせる、臨終に立ち会わせるだけが能じゃない、本来なら、こういうチャンスを少くせしめた、そしてこれは、一面、文明の恩恵に違いないのだが、自然科学の発達にふさわしく、人文科学が人間についての想いを深くできればよかった、ところが、宗教にしろ、哲学、文学、あるいは音楽、絵画が、怠惰なのか、無能なのか、いっこうに力とならず、少し違うかもしれないが、臓器移植問題、安楽死にまつわることを、医者また法律家にのみ委せておくことは、彼等にとっても重荷のはずなのだ、多分、このままでは、間違ってしまうだろうが、死を扱いながら、人文系からの発言は、きわめて稀。臓器移植即ち、人間のモノ化扱いとは考えないが、わが国の死生観、死にまつわる文化といっさい関わりのないところで、事態は進行し、この面でいえば、人文系の手合いも、当節のヤングの、「死を知らず、いずくんぞ生をや」と、大差はない。

現代日本人は、異常に死を怖がる。よくいえばデリケートである、癌の告知を考えてみても、われわれの反応は特異であるらしい。誰だって死にたくない、死を身近かにしたくないにきまっている。ましてや殺したくない。しかし、親として、あるいは子供として、このことを覚悟する必要があるのではないか。とても育てられないと、産まれた赤ん坊の首を絞め、山に埋め川に流した母親、また、背負《しょ》い子に、老いた母をのせて、棄てに行く息子の事情は、旧弊の、貧しかった時代だけのことではない、死がこわくて、あえていえばヒューマニズムにとらわれて、目をそむけ、他人まかせにしているだけだ。他人というよりも国家である、生死の問題は、個人にとりもどした方がいい。

死はあくまで個人に属する。

故に安楽死は個人の問題。現在、生が歪んでいる以上、死も歪む。あるいはその逆もいえるだろう。

医学の進歩は死ぬべき人を死なせない。病院は末期の患者に対し延命を行う。この是非はともかく、これは生物である。人間の自然の姿ではない。

安楽死は人間を人間たらしめるべくある。

安楽死を認めよ。

第九章　日本にお悔やみを申し上げる

言葉を失い、民族は滅びる

ぼくは戦後を生きてきた。

戦後とぼくが言っても、戦後という言葉自体、いったいいつからいつまでを指すか不明瞭。また、敗戦から六十七年の月日が経っている。

戦後はともかく戦争を知らない世代が世を覆っている。そんな中で、いくらか戦争を知る老いぼれのぼくらが、僅かながらに生きている。ぼそぼそ喋ったところで詮方ないことは承知の上、ものを見る眼もずい分曇ってきた。このままでいいわけはない。何とかしなければと考えつつの空回り。

それにしてもけったいな世の中になってしまった。

このけったいは、やはり戦争を境に始まっている。もはや誰にも止めることは出来ない。ぼくの目から見て、日本は滅亡へ真っしぐら。かくなり果つる身の因果。今さら歪みの根本をとやかく言ってもはじまらない。

平和国家を口にしながら滅びるのも一興か。

十四歳の夏、日本が戦争に敗れた。若いぼくにはすべてよく判らぬまま、世の中が一変。こっちはまず、生きることで必死。まわりも似たようなもの。食うことが先決、食うために何でもした。気づけば無いもの尽くしの焼け野原がみるみる物の溢れる世の中と変っていた。

子供を飢えさせたくないという親の切実な思いは、子供に楽をさせてやりたいという願いにとって代わり、豊かであればいいと思い込んだ。車、電化製品、家を手に入れようと、大人たちは馬車馬の勢いで稼いだ。

確かに日々豊かさを増やす実感があった。ぼくもその恩恵にあずかった。はしゃぎつつ、何だか妙な成り行きだと他人事めいて眺める。その一方で常にどこか違和感のようなものがある。これが苛立ちとなって募り、世の先行きへの不安も高まる。

今のような世の中をつくってしまった、その責任の一端はぼくにもある。世代の責任、自分の責任、どこで分かれるのか判らないが、とにかくある。高度成長の立て役者は、ぼくらより十歳から二十歳上の世代、ぼくら昭和ヒトケタは、バブルの好景気を支えたといわれ、その後に続く団塊の世代は景気のいいのがあたり前だと思った。そしてそれぞれが無責任。

ぼくはいい加減な生業で口を糊するうち、物書きの端くれとなった。片々《へんぺん》たる駄文を弄しながら、いくらかは世間に対し、ぼくの抱く違和感、苛立ちを明らかにしてきた。だが犬の遠吠え風、さらに言えば、時代の先棒だか、後棒を担いで走ったに過ぎない。

便利で豊かな生活は、一方で大切なものを失わせる。例えば言葉。ネットやメールを否定はしない。だが、どうしても一方通行になりがち。こっちの気持を言葉の限りを尽くして伝えるというより、記号を並べてよしとする。それで社会とつながっていると信じる。現実の人間関係に費やす時間は失われ、面と向かって喋るのも記号めいてくる。

家庭ではどうか。物の溢れる中で、子供とのコミュニケーションであるはずの会話がないがしろにされ、何か物を与えることでよしとしてしまう。

言葉があやふやでも、生きてはいけるだろう。だが、国の根幹は母国語にある。古来より植民地となった国は、支配国の言葉を強制され母国語を失ない、母国語を基盤に、受け継がれた文化、伝統もこわされる。陸続きで国境を接する国々は、だからこそ言葉を大事にする。

自分の国の言葉をいい加減に扱うということは、自ら植民地を希望するようなもの。言葉は大人が子供に教える第一のもの。自分の言葉で相手に伝えるためには、日本語の豊かな実りを血肉と化す必要がある。これは子供のうちから美しい日本語を身近かにするしかない。

教育と家庭、どちらも大事。ある程度、強制的に覚えさせなきゃ身につかない。勅撰和歌集にみられる美しい日本語。源氏物語、今昔物語、あるいは伊勢物語、徒然草や方丈記も、判らなくても読んでおく。

古典は、はじめ意味不明でもそのうち文法、言いまわしに通じれば判ってくる。古典は何しろ現代の言葉の根っこなのだ。あとは漢文、これもリズムや調子を覚えていけば、どこかで一緒になる。そして小説、文体や内容で異なるが、さまざま読んでみることで、語彙《ごい》や考え方が豊富になる。

ちょっとくらい片寄ってもいい、そうやっていくうち、日本語とのつき合い方が判る。自国語としての日本語をしっかり身につければ、他者とのコミュニケーションも成り立つ。これは相手が日本人であろうと外国人であろうと通用する。物を考える基盤が出来る。日本語には、きめ細やかなニュアンスが秘められている。物事を多方面からとらえ、対象物との間隔の大小によって表現が異なる。また美しい言葉が多い。これは、やさしい日本の四季に培われた独特の風情である。

自国の言葉を子供のうちに身につけておけば、人づき合いの土台となり、物事のとらえ方が幅広くなる。そして終生忘れない。

だが、その日本語の豊かさを伝えるはずの身近かな大人の言葉が貧しくなった。

一番近くにいる大人である親は、言葉ではなく、物を与えて良しとする。親子がそれで完結してしまう。

テレビや新聞によく登場する政治家はもはや言葉を持っていない。

国会における答弁は、ノラリクラリ。質問をはぐらかす要点を誤魔化すことに終始、国家の先行きについて論議を交わすなど、夢のまた夢。

空疎なスローガンを繰り返し、そこに意志は働いていない。手垢のついたカードを出し入れ、あるいは並べ替え、始末に悪いのが、それが政治だと思っている。自分の言葉じゃないのだから、すべて他人事となる。

薄っぺらな言葉が飛び交い、今を招いた。日本の言葉は、高度成長と反比例して貧しくなってしまった。

戦後の日本、食いものはアメリカの政策にまんまとしてやられ、米国食によって侵略された。食の面で日本はすでに植民地。

言葉の場合、アメリカの存在とはかかわりなく、日本が勝手に自滅した。自国語を失うことは、これまた植民地と同じ。

言葉を失い、食いものを失った民族は滅びる。

戦争犯罪者という言葉がある。ならば戦後日本において、繁栄犯罪者がいてもおかしくない。

かつて天皇を神と崇め、軍国主義をひた走った日本。これが戦後一転、平和国家となって、今度は物を崇め、物質主義に突っ走った。


敗戦直後の飢えを、アメリカの余剰作物に助けられた日本。やがてやってきた進駐軍は、チョコレート、ガム、パンや缶詰を携え、それを飢えた子供たちに分け与えた。「一億一心」「神州不滅」と口にしていた子供たちが、今度は「ギブミーチョコレート」となり、「サンキュウ」「エクスキューズミー」で日米親善。

初めて目にし、口にしたアメリカの味は、大雑把ながら美味しかった。特に甘いものに飢えていたぼくらにしてみれば、相手がどうであれ、甘ければそれで良かった。同時に、チョコレートやガムから、はっきりアメリカの力を感じた。子供だけじゃない、毛布やギャバジンの生地を見た大人たちも、これで日本が勝てるわけはないと、よく判った。初めて目にするアメリカのブルドーザーは、エッチラホッチラと、モッコで土を運んでいた馬鹿馬鹿しさを痛感せしめた。進駐軍のデカイ体は彼らの力を如実に表していた。

次第に世間は、日本が戦争に敗けたのは物資の差であると思い込むようになった。物こそ力、アメリカに憧れ、やがて、追い付けアメリカ、追い越せアメリカ、こけつまろびつ前へ進んだ。進んだことで、敗戦について考えることをやめた。今に続く思考停止の始まりである。

アメリカから入ってきた資本主義を有り難くそのまま頂戴し、見よう見まねでこれまできた。始めは物真似、そのうち日本人の器用さが、ものを言い、アメリカも驚く発展ぶり。身近には文明の利器が揃い、生活様式もアメリカ風。だが、日本とアメリカは違う。顔や体型はともかく、文化、習慣、すべてが異なる。当然資本主義の形も違うはず。しかし日本はそっくり受け入れた。アメリカ経由の資本主義をそのままに、身を合わせるようになった。結果、食や文化、日本独自に培ってきたものをあっさり捨てた。

日本列島は縦に長く、狭い島国なりにも、地方には地方に根付いた文化があり、気質があった。また、由緒正しき家柄でなくとも、それぞれの家には家風もあった。

何でもアメリカ風が染み渡り、気づけば全国すべて画一化。日本列島どこを切っても同じ、金太郎飴の如きありさま。

着物をやめてTシャツにジーンズ。建築物は木造からコンクリートへ。日本に合うもの、そぐわないもの、ごちゃまぜにとにかくすべて右ならえ。

最たるものは食。伝統食を捨て、パンにコーヒー、肉を食べるようになった。世界一の金持ち国と言われるようになり、身長も伸びた。体格も良くなったと喜ぶうち、食いもの全般を他国に頼る仕組みをつくってしまった。その頼りの大本はアメリカ。無くなれば何でも買えると信じ込み、困ったらアメリカが助けてくれるといまだに思っている。金が中心の世の中。金なんて所詮数字。

水やお茶に値段が付いた頃、どうもおかしいと気付いた日本人はいたはず。年寄りの面倒をみるのが商売となり、ちょっと子供の相手をするのも同様。核家族、少子高齢化、あれこれ事情を考えれば致し方ないともいえるが、日常のありとあらゆる事柄に値段がつけられる。金のある者だけが救われる。

臓器移植しかり、遠い国で貧困にあえいでいる一家の大黒柱が、今度はどの臓器を売るか思案している。そこについては考えない。

人の命。生から死まで、人心も人身も何でも金。そしてその考え方を隠そうともしない。

金がすべて。人間性は言われるだけ。

結局人間が金に使われているのだ。


株が上がった下がったで一喜一憂。円のそれも同様。輸出入を考えれば極端な円高も円安も困る。日本の要。製造業にも響く。だが何より大事が景気とはおかしい。札束で人間は生きていけない。仮に食いものが途絶えればたちまち死ぬのだ。どんな国でも自国を棚に上げて、他国を助けるなどあり得ない。

そんな当り前を忘れ、紙切れですらない数字におどらされている。経済が上向けば、万事好調。失業率は減り、給料は上がり、世の中金がまわって停滞が解消するという。景気は気のもの、日本を強くすると国の代表がのたまう。

市中に金をばらまいて、土建国家復活、当然そこには巨大利権が絡む。お偉方の元に陳情の列が出来、大盤振る舞いは当然。票を引きかえ、いつか来た道。

かつて栄光に輝いた日々の記憶を、老人が古びた写真、ためつすがめつ眺める如く、いつまでも高度成長の夢を忘れられないでいる。経済が上向き、借金は増える。世界一の借金国で何が悪いと開き直っている。

つまりは、今、生きている人間さえ良ければそれでいいということ。

戦後、数十年で先進国となった。暮らしの向上とともに、そこには矛盾も生じている。日本が先進国というのなら、先進国として抱えてしまった負の部分を自覚、おおっぴらにして、後に続く連中に伝えてこそのことだ。

この闇はぼくらの生き写し、当然の報い

古今東西、国を統治するには、没個性化が何より大事。これさえまとまれば、あとはいかようにも取り仕切れる。

例えば北朝鮮、今の彼の国の世間一般を知らないし、国内情勢についても不明。漏れ伝わるところによれば、勇ましい軍部、一人の統治者を崇め奉り、ミサイルだか、ロケットだかの打ち上げを国家の栄光と喜んでいる。どうやら国民は、食うや食わずをさだめと受けとめているらしい。不気味で奇妙な国と、日本人は眉をひそめる。だが七十年近い前、我が国も国民こぞって一億玉砕を唱えていた。

それが戦後日本に民主主義が入ってきて、一転。かつてのスローガンは忘れられ、忘れられただけじゃなく、無かったものの如く扱われている。

日本は、自由、平等、また平和を愛する国ということになっている。不景気といったって相変わらず食いものを粗末にするし、年がら年中のお祭り騒ぎにそう変わりもない。

さほど実感のないまま、不況だ、不景気だと言っている。それが時代の空気。一方で先行きの選択肢は狭まるばかり。

平和だ自由だと言いながら、漂い流されているだけ。世間は平和と自由のもとに、没個性化が進んでいる。その置かれている状態について、いささかの疑問も持ってはいない。今の日本を統治するのは、赤子の手をひねるより楽だろう。

外からの圧力待つまでもない。近い将来、軽薄無知な権力者が登場。中途半端な暴走を繰り返すうち、日本を道連れにあっという間に自滅するだろう。

マスコミは、はじめその存在を持ち上げ、やがてこぞって無能ぶりをいい立てる、あるいは自虐的に危機感のみ煽る。沈没の予兆、足元からじわじわ崩れ始めていることには誰も気がつかない。世間のお目付け役であるはずのご連中、記者賢者揃って、目をこらすべき方向を間違っている。

かつて大日本帝国は、腐敗した軍、悪しきリーダーのもと、戦争に突っ走り崩壊した。国民も挙国一致でこれを支持した。今の挙国一致は、目先きの豊かさを追い求めること。

戦前と、どこが違うか。

右へ進もうが、左へ行こうが、お先真っ暗には違いないのだ。冷え冷えと沈むばかりの日本。日本は世界的規模の食糧難、資源枯渇、地球滅亡とやらとも関わりなく、一足お先に衰弱し、独自に滅びる。考えようによっては、結構なこと。

かつてなら、追い詰められた若者が、野望だか自己陶酔だかよく判らないながらも、クーデターを起こした。今の若者は追い詰められたらお終い。あるいは日本に嫌気をさして外に出る。

今の若者を不幸だと決めつけるのはよくない。年寄りの悪い癖だろう。無意識のうちに将来への漠然とした不安を感じているからこそ、今が良ければそれで良し、それぞれに人生を楽しんでいるのかもしれない。

滅びゆくことに気がつかないのなら、それも幸せ。

もはや男らしさなど死語、一朝ことあれば、自衛隊が頼みの綱、これとて平和国家の名のもとに専守防衛とのみ、お題目を唱えてきた。だが近頃、かくてはならじ、軍に昇格させるべき、お上長年の悲願、憲法改正も視野に入れ、極端から極端。自衛隊の問題より、まずこの先、国家としての誇りを何に求めるのか。そのためにはどんな道筋があるのかを考える必要がある。

経済の再生を一番に、借金を重ね憲法を改正、自衛隊を国軍にしたとして、日本は変わらない。

いつの世にも救世主の如き人物はいる。世の裏側を射抜き、決して上っ面でない言葉で問題を提示する。今、たまさかそんな稀有な存在がいたとしても、世間の側にそれを受けとめるだけの感性がない。ゆとりもない。

朝に起こった出来事が夕方には忘れられ、物にはすぐ飽きる。食べものを汚なく食べ散らかす。何とも向き合うことなく、人間同士の付き合い方も同様。無関心のまま時間が過ぎていく。

薄っぺらでお手軽な世の中に、幾重にも正体不明の闇が広がっている。

闇は視界を妨げ、若者の心に入り込み、足をからめとる。この闇はぼくらの生き写しである。金や物を崇め、合理化とやらをすすめてきた日本。無駄だと省かれたものの中にこそ、日本の誇りがあった。風土や気質、歴史に支えられ培ってきた独自の文化。うわべ豊かとなった時、今度は内容を豊かにしなければならない。少しゆとりが出来たところで文化を深め、伝統を生かす分野に心を注ぐべきところ、抹殺することで成就しようとした。文化を壊したというよりも弊履の如く捨てた。そして日本人は醜くなった。街は便利で清潔、全体に美々《びび》しくなり、人もまた見てくれきれい。醜くなったのはその生き方、消費文化の行きつく果て。

結局、何が豊かなのか判らぬまま、日本は滅びようとしている。

戦後、その都度決着をつけてこなかったこの国、当然の報い。

初出一覧

第五章　また原発事故は起こる……『世なおし直訴状』、永六輔／小林亜星との共著、二〇〇一年、文藝春秋

第六章　滅びの予兆はあった

本土決戦はやるべきだったか……『御臨終の若者へ　生きろ、生きてみろ』、一九九二年　講談社

今世紀中に起こり得る東京震災……同

都知事としての三島由紀夫……『ニホンを挑発する』、一九九六年、文藝春秋　※初出「週刊文春」九五年六月二十九日号

第七章　上手に死ぬことを考える

満開の桜には恨みがこめられている……『我が闘争　こけつまろびつ闇を撃つ』、一九八四年、朝日新聞社

※初出「週刊朝日」八四年四月二十日号

死について……『死小説』、一九七九年、中央公論社

第八章　安楽死は最高の老人福祉である……「新潮45」、二〇一〇年十月号、新潮社

※第一章〜第四章、第九章は書き下ろし

校正　鶴田万里子
DTP　㈱ノムラ
カバー写真撮影　荒木経惟

野坂昭如 のさか・あきゆき
1930年、鎌倉市生まれ。養子先の神戸で育ち、
45年6月の神戸大空襲で養父を失う。
早稲田大学中退後、コント台本、CMソングなどを手がける。
63年、処女小説「エロ事師たち」が三島由紀夫らに絶賛される。
68年、「アメリカひじき」「火垂るの墓」で直木賞受賞。
その他代表作に『骨餓身峠死人葛』『てろてろ』『戦争童話集』
『文壇』など。2003年、脳梗塞で倒れ、現在自宅にてリハビリ中。

NHK出版新書 398

終末の思想

2013(平成25)年3月10日 第1刷発行

著者 野坂昭如 ©2013 Nosaka Akiyuki
発行者 溝口明秀
発行所 NHK出版
〒150-8081東京都渋谷区宇田川町41-1
電話 (03) 3780-3328 (編集) (0570) 000-321 (販売)
http://www.nhk-book.co.jp (ホームページ)
http://www.nhk-book-k.jp (携帯電話サイト)
振替 00110-1-49701

ブックデザイン albireo
印刷 慶昌堂印刷・近代美術
製本 二葉製本

Printed in Japan ISBN978-4-14-088398-3 C0295

NHK出版新書好評既刊

“司法試験流”勉強のセオリー
伊藤 真

勉強は才能ではなく、方法論こそが重要だ。思考法から時間術まで、カリスマ塾長が確実に成果の上がる知的生産術を伝授！

375

やり直し教養講座 英文法、ネイティブがもっと教えます
デイビッド・セイン 森田 修

もっと自然な英語を話すために、ネイティブが「生きた文法」を伝授します！ 好評の『英文法、ネイティブが教えるとこうなります』第二弾。

376

文章を論理で読み解くための クリティカル・リーディング
福澤一吉

評論から新聞記事まで、思考がどう論理的に表現されているかを解説。レトリックに惑わされずに本質を見抜く力が身につく決定版！

377

「一九〇五年」の彼ら 「現代」の発端を生きた十二人の文学者
関川夏央

日露戦争勝利という国民国家としてのピークの時代を生きた著名文学者の「当時」とその「晩年」をえがき、現代人の祖形を探る意欲的な試み。

378

外尾悦郎、ガウディに挑む 解き明かされる「生誕の門」の謎
星野真澄

サグラダ・ファミリア教会の顔・生誕の門「扉」の制作がついに始まった。その大役を担う日本人彫刻家・外尾悦郎。彼が摑んだガウディ思想の核心とは。

379

驚きの英国史
コリン・ジョイス 森田浩之 訳

神話・伝説の時代からフォークランド紛争まで。イギリスの現在を形づくってきた歴史の断片を丹念に拾い集め、その興味深い実像に迫る。

380

NHK出版新書好評既刊

失われた30年
逆転への最後の提言

金子 勝
神野直彦

年金、財政、エネルギー政策……危機の本質を明らかにし、新しい社会や経済システムへの抜本的改革案を打ち出す緊迫感に満ちた討論。

381

赤ちゃんはなぜ父親に似るのか
育児のサイエンス

竹内 薫

新米パパが科学知識を武器に育児をしたら!? 自身の体験を交え、妊娠・出産・育児にまつわるエピソードを多数紹介した抱腹絶倒のサイエンス書。

382

俳句いきなり入門

千野帽子

「作句しなくても句会はできる」「季語は最後に決める」。きれいごと一切抜き。言語ゲームとしての俳句を楽しむための、ラディカルな入門書。

383

帰れないヨッパライたちへ
生きるための深層心理学

きたやまおさむ

私たちの心をいまだ支配しているものの正体を知り、真に自立して生きるための考え方を示す。きたやま深層心理学の集大成にして最適の入門書。

384

〈香り〉はなぜ脳に効くのか
アロマセラピーと先端医療

塩田清二

いい香りを「嗅ぐ」だけで認知症が改善し、がん患者の痛みがやわらぐ。各界から注目の、〈香り〉の医学のメカニズムを明らかにした画期的な一冊。

385

ケインズはこう言った
迷走日本を古典で斬る

高橋伸彰

ケインズなら、日本経済にどのような処方箋を書くか？ マルクスやハイエクとの比較もまじえ、現代に生きる古典の可能性を探る刺激的な書。

386

NHK出版新書好評既刊

「調べる」論
しつこさで壁を破った20人
木村俊介
革新的な仕事をする人はいかに問いを見つけ、無心に調べ、成果に落とし込んでいるのか。多様な証言から、「調査」の意外な本質を照射する。
387

8・15と3・11
戦後史の死角
笠井潔
「大本営」から「原子力ムラ」へ。なぜ破局は繰り返されるのか？ この国の宿命的な病理を暴き、克服すべき真の課題を考察する著者渾身の一冊。
388

引きだす力
奉仕型リーダーが才能を伸ばす
宮本亜門
メンバーをやる気にさせ、職場を活性化するコツとは？ 世界的に活躍する演出家が教える独自のリーダー術と、互いに高め合う会話術・創作術。
389

貧困についてとことん考えてみた
湯浅誠
茂木健一郎
パーソナル・サポートの現場を訪ねる旅から見えてきた、貧困の現状、必要な支援、日本社会の未来とは。活動家と脳科学者の刺激的な対論！
390

日本語と英語
その違いを楽しむ
片岡義男
二つの言葉の間で、思考し、書き続けてきた作家が、日常的で平凡な用例をとおして、その根源的な差異を浮き彫りにする異色の日本語論／英語論。
391

世界で勝たなければ意味がない
日本ラグビー再燃のシナリオ
岩渕健輔
黒星を積み重ねてきた日本ラグビーにとって、いまこそ再生のラストチャンスだ。若き日本代表GMが語りつくす、個と組織で世界と戦う方法論。
392

NHK出版新書好評既刊

本当の仏教を学ぶ一日講座
ゴータマは、いかにしてブッダとなったのか
佐々木 閑
いま、仏教から私たちが学ぶべきものは、〝信仰〟ではなく、〝自己鍛錬〟だ。6つのテーマ（講座）を軸にブッダ本来の教えを知る。
399

資本主義という謎
「成長なき時代」をどう生きるか
水野和夫
大澤真幸
資本主義とは何か？ 一六世紀からの歴史をふまえ、世界経済の潮流を見据えながら「成長なき時代」のゆくえを読み解くスリリングな討論。
400

この道を生きる、心臓外科ひとすじ
天野 篤
「真の努力」とは何か。トラブルに動じない不動心をどう身につけたのか。天皇陛下の執刀医が明かす「偏差値50の人生哲学」。
401

したたかな韓国
朴槿恵《パククネ》時代の戦略を探る
浅羽祐樹
朴槿恵《パククネ》は、明快な戦略がものをいう韓国政治を体現した大統領である。政治学者の実証的分析から、転換期を迎えた日韓関係の「次の一手」を探る。
402

ギリシャ神話は名画でわかる
なぜ神々は好色になったのか
逸身喜一郎
嫉妬ぶかく、復讐心に燃え、呆れるほどに好色。「理不尽」な神々を描いたルネサンス・バロック期の名画から、ギリシャ神話の世界を案内する。
403